이계진입
리로디드
RELOADED

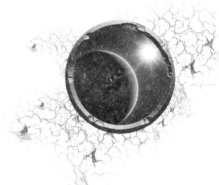

이계진입 리로디드 4

임경배 퓨전 판타지 소설

초판 1쇄 찍은 날 § 2016년 1월 15일
초판 1쇄 펴낸 날 § 2016년 1월 22일

지은이 § 임경배
펴낸이 § 서경석

편집책임 § 고승진

펴낸곳 § 도서출판 청어람
등록번호 § 제387-1999-000006호
등록일자 § 1999. 5. 31
어람번호 § 제1-2339호

주소 § 경기도 부천시 원미구 부일로 483번길 40 서경B/D 3F (우) 14640
전화 § 032-656-4452 팩스 § 032-656-4453
http://www.chungeoram.com
E-mail § chungeorambook@daum.net

ⓒ 임경배, 2015

ISBN 979-11-04-90606-0 04810
ISBN 979-11-04-90529-2 (세트)

RELOADED

임경배 퓨전 판타지 소설

FUSION FANTASTIC STORY

이계진입 ④
리로디드

도서출판

청어람

CONTENTS

RELOADED

이계진입 리로디드

Chapter 1

Next target

놀라운 소식이 테라노어를 강타했다.

대류을 지배하는 육왕국 중 하나, 젝센가드 왕국의 국왕이
자 혁명 7영웅 중 한 명이던 젝센가드 라텐베르크가 퇴위하고
새로운 왕이 즉위한 것이다.

새 국왕, 아인츠 1세는 대류 전역에 선포했다.

─부왕(父王) 젝센가드는 스스로 국왕으로서 부족함을 깨닫고
짐에게 왕위를 양도하였다. 그리고 자유로운 야인(野人)의 신분으
로 돌아갔으니, 그를 상왕(上王)으로 칭하고 본국의 국명을 라텐

베르크 왕국이라 명명하노라!

이 소식을 접한 귀족들은 모두 같은 결론을 내렸다.

'죽었구나, 젝센가드.'

'야인으로 돌아가긴 개뿔이?'

'죽었네, 죽었어.'

상식이 있다면 저런 말도 안 되는 소리에 넘어갈 리가 없었다.

어차피 아인츠 1세도 남들이 정말 속을 거라 생각하고 저런 선포를 행한 것은 아니다. 중요한 것은 명분이다.

즉위식을 치른 아인츠 1세는 빠르게 내부를 개편했다.

일단 젝센가드 밑에서 온갖 부정부패를 저지른 크로마톤 공작에 대해선, 시체를 다시 거리에 매달아 불태우는 잔인한 형벌을 내렸다.

─귀족 된 이가 백성의 아픔을 돌보지 않고 스스로의 탐욕만을 채웠으니 그 죄는 죽음으로도 갚지 못할 터!

반면 똑같이 온갖 부정부패를 저질렀던 켈테론은 구국의 영웅이 되었다.

─이 나라를 구한 켈테론 백작의 공을 높이 평가한다! 그에게 후작의 작위를 내리고 재상으로 삼겠노라!

쿠데타에 참가한 다른 귀족들도 한 자리씩 받았다.

공이 큰 크럼블 자작은 백작위에 올라 과거 켈테론이 맡았던 행정부의 수뇌를 맡았다.

줄데란과 리블 역시 흑사자 기사단의 새로운 단장과 부단장이 되었다.

반강제적으로 쿠데타에 참가한 둘의 입장에선 마냥 좋아할 수만도 없는 은사였다.

"폐하의 성은에 감사드립니다만……."

"하지만 저희가 저 자리를 받을 자격이 있긴 한 건지……."

솔직히 하이어 버클리나 켈러에 비하면 줄데란이나 리블은 격이 많이 떨어진다. 하지만 남은 흑사자 기사들 중 이 둘보다 월등히 강하다고 할 이가 없는 것도 사실이다.

그럭저럭 적당한 인사이동이었다.

그렇게 아인츠 1세는 전 국왕의 흔적을 지우기 위해 최선을 다했다.

거침없는 새 왕의 행보에 기존 귀족들은 벌벌 떨었다. 특히나 크로마톤 공작가는 멸문마저 각오하고 있었다.

그러나 새 국왕은 그들까지 처벌하진 않았다.

"짐은 광제가 아니다. 분명 크로마톤 공작의 죄는 씻을 수 없으나 그로 인해 일족 모두에게 죄를 묻는 것은 가혹한 처사일 터."

그리고 그 증거를 보였다.

"크로마톤 공작가의 핏줄인 전 왕비, 레일라 렌 라텐베르크를 짐의 아내로 삼겠다. 그로써 짐의 통치가 진정 자비로움을 알리겠노라!"

아버지의 부인을 아들놈이 꿰어 차겠다니? 한국인이 봤다면 천하의 개잡놈이라며 개탄할지도 모르겠다.

하지만 테라노어에선 별로 어색한 일도 아니었다. 그리고 유교 문화권인 동아시아면 모를까, 지구에도 유럽이나 중동 쪽 역사를 보면 저런 경우는 의외로 흔하다.

상대는 친어머니도 아니고 단순히 전 국왕의 부인, 피 한 방울 섞이지 않은 남남일 뿐이다. 게다가 레일라 왕비는 아직 젊고 아름답다.

그냥 재혼이나 다름없는 것이다.

현 국왕과 전 왕비의 결합은 더 이상 과거를 묻지 않겠다는 훌륭한 정치적 제스처였다. 두려워하던 귀족들은 감복하며 새 국왕에게 충성을 맹세했다.

그래서 아인츠는 매우 만족했다. 드디어 평생의 소원이던 사랑하는 여인과 함께하게 되었으니까.

'고맙다, 켈테론. 과연 그대 말대로 되었구나.'

레일라 역시 기뻐하고 있었다. 너무 기뻐서 문제일 정도였다.

"너무 기쁜 티 좀 내지 마, 레일라. 아무리 그래도 친아버지

목이 잘렸는데……."

"제가 어떻게 살았는지를 안다면 그 인간이 죽었다고 슬퍼할 리가 없다는 것도 잘 알 텐데요, 아인츠?"

"그야 그렇지만… 어쨌든 대외적으론 표정 관리 좀 하라 이거지."

양쪽 모두 부친에 대한 감정이 좋지 않다 보니 참 죽이 잘 맞는다. 자식을 인격체가 아닌 소유물로만 보는 부친들을 두고 있었으니 당연한 결과였다.

그렇게 왕실 내부를 정비한 아인츠 1세는 외부 치세 역시 신경을 썼다.

그간 이어지던 과도한 수탈을 멈추고 짓고 있던 신 궁전 공사도 중단시켰다. 가혹한 노역에 시달리던 이들이 겨우 고향으로 돌아가 사랑하는 가족의 품에 안기게 되었다.

드디어 성군을 만났다며 백성들은 기뻐했다.

사실 딱히 아인츠 1세가 성군이라 할 정도는 아니다. 하지만 워낙 젝센가르드가 막장이라 중간만 가도 충분히 훌륭한 왕이긴 했다.

거리 곳곳에서 백성들의 환호가 울려 퍼졌다.

"아인츠 폐하 만세!"

"라텐베르크 왕국 만세!"

＊　　　＊　　　＊

이제는 후작이 된 켈테론의 저택.

집무실에 앉아 성시한이 박수를 쳤다.

"재상이 된 것 축하하네, 켈테론 후작. 이제 한 나라의 금고를 통째로 차지했으니 상당히 많이 빼먹을 수 있으시겠어?"

뼈가 있는 말이었다. 함부로 사리사욕 채우려다간 폭살기를 터뜨려 버리겠다는 협박인 것이다.

켈테론이 태연하게 반문했다.

"제가 왜 나랏돈을 빼먹겠습니까?"

유동 자산이 저 정도라면, 그냥 굴리는 것만으로도 얼마든지 가욋돈을 벌 수 있다.

"젝센가드가 사치에 써댔던 액수만 상단으로 돌려도 재산이 두 배는 늘어날걸요?"

"그런 거냐……."

적어도 그 굴린 돈으로 국고를 채울 생각은 없는 것 같았다.

'일단 나랏돈 빼돌릴 생각 안 하는 걸로 만족해야 하나?'

찜찜해하는 시한을 향해 켈테론이 차분히 보고를 이었다. 아인츠 1세의 정책과 현재 왕국의 사정을 간략히 들은 성시한이 고개를 끄덕였다.

"깔끔하게 잘 정리되었군."

아인츠도 행복하고, 켈테론도 행복하고, 다른 귀족들도 행복하고, 백성들도 행복하고…….

젝센가드만 불행한, 시한 입장에서도 매우 흡족한 결과였다.

"꼭 그런 것만은 아닙니다."

켈테론이 고개를 저었다.

"백성들이야 마냥 좋아하고 있겠지만, 실은 그렇게 속 편한 상황이 아니니까요."

분명 젝센가드는 왕국을 망치는 주범이었지만 동시에 왕국을 지키는 방패이기도 했다.

다른 나라에서 감히 젝센가드 왕국을 노리지 못한 이유는 어쨌거나 국왕이 혁명 영웅이기 때문이었으니까.

이제 라텐베르크 왕국이 된 이 나라는 육왕국 내에서 확실히 약소국이 되었다.

아슬아슬하던 테라노어의 세력 균형이 깨진 것이다.

"그런 것치곤 자넨 별로 걱정하는 것 같지가 않은데?"

의아해하며 시한은 켈테론을 바라보았다. 말하는 내용은 심각한데 의외로 표정이 차분하다.

켈테론이 빙그레 웃었다.

"그야, 다른 나라도 금방 비슷한 처지가 될 것 아닙니까?"

성시한의 목표는 젝센가드 한 명이 아니다. 현재 육왕국(六王國)을 지배하고 있는 혁명 6영웅 전원이 복수의 대상이다.

"흐음, 그것까지 계산하고 있었던 거야?"

"이 나라와 제 미래를 위해서라도, 물심양면 전심전력으로 시한 님의 복수를 응원하고 있습니다요, 헤헤헤."

손바닥을 싹싹 비벼가며 켈테론이 아부성 발언을 해댔다. 시한이 차갑게 대꾸했다.

"쓸데없는 말은 됐고, 필요한 거나 마저 말해."

"예, 시한 님."

켈테론도 바로 어조를 바꿨다. 사무적인 말투로 그가 말했다.

"솔직히 말씀드리면, 다른 혁명 영웅들은 젝센가드처럼 만만하진 않을 겁니다."

젝센가드는 워낙 통치도 엉망인 데다 실력도 제자리였으니 복수하는 것이 어렵지 않았다. 사실 예상보다 훨씬 쉽게 해결한 셈이다.

"하지만 다른 이들은 십 년 동안 상당히 진보한 상태입니다. 아, 물론 그래 봤자 여전히 시한 님의 상대야 되지 않겠지만……."

"아부는 됐다니까? 요점만 말해."

"옙!"

젝센가드는 원래 실전을 통해 힘을 키우는 스타일이라 왕이 된 이후 별다른 실력 상승이 없었다.

하지만 다른 이들은 달랐다.

"4대 상아탑을 지배하게 된 릴스타인과 사파란은 과거의 시한 님과 마찬가지로 플로어 마스터의 경지에 올라 있습니다."

"둘 다 나와는 다르게 정식으로 마법을 익힌 마기언이지. 이제 마법만큼은 나 이상이라고 봐도 무방하겠네?"

"테오란트와 카렌 이나시우스 역시 예전보다 훨씬 강해졌을 겁니다."

젝센가드와 달리 저 둘은 구도자에 가까운 타입, 설사 실전이 없다 해도 스스로 연구하고 수행하며 강해졌을 것이다.

"하지만 상대적으로 제일 강해진 것은 역시 그녀겠지요……."

켈테론이 잠시 머뭇거렸다. 그녀의 '이름'을 꺼내도 될지 저어하는 눈치였다.

시한이 차갑게 뇌까렸다.

"말해."

한숨을 쉰 뒤 켈테론이 입을 열었다.

"제가 전에 말씀드렸지요? 대지파괴자와 이계구원자 중 하나를 택하라면 미치지 않은 이상 누구나 이계구원자를 택할 것이라고요."

그리고 한 번 더 머뭇거리다 조심스레 말을 이었다.

"…하지만 현재의 씨프 퀸과 이계구원자 중 하나를 택하라면, 고민하는 사람이 꽤 많을 겁니다."

시한이 놀라 눈을 크게 떴다.

"레비나가 그렇게 강해졌어?"

켈테론이 진지한 얼굴로 고개를 끄덕였다.

씨프 퀸, 은형의 레비나.

테라노어의 어둠을 지배하는 도적들의 여왕이자 육왕국 중 하나인 팔로스의 군주.

"그녀는 무신급 소드하이어입니다."

*   *   *

십여 년 전만 해도 테라노어엔 세 명의 무신급 소드하이어가 위명을 떨치고 있었다.

루스클란 제국 수호기사, 론다르크 장군.

혁명 7영웅, 이계구원자 성시한.

모든 프리 하이어들의 우상이던 용병왕 바락.

이들은 3대 무신으로 테라노어 무인들의 숭배를 받았다. 하지만 저들 중 현재 남아 있는 이는 없다.

론다르크 장군은 이계구원자에게 죽음을 당했다.

성시한은 지구로 돌아갔다.

용병왕 바락은 제국이 무너진 후 소식이 끊겼다. 나이가 나이인 만큼 노쇠로 인해 사망한 것이라 여겨지고 있었다.

"현재 공식적으로 대륙의 무신급 소드하이어는 한 명뿐이지요."

3년 전, 팔로스 왕국이 구 루스클란 제국의 잔당을 소탕할 때의 일이었다.

오랫동안 왕궁을 벗어나지 않았던 레비나 여왕이 몸소 친정에 나섰다. 그리고 수천의 병력 앞에서 자신의 힘을 떨쳤다.

온 대륙은 경악했다.

다시 나타난 도적들의 여왕은 어느새 마지막 벽을 넘고 궁극의 경지에 도달해 있었다.

"하긴, 레비나라면 그럴 수도 있겠지."

시한이 납득할 수 있다는 표정을 지었다.

레비나는 분명 혁명 7영웅 중 제일 약했다. 하지만 고작 십대 후반의 나이에 초인급 소드하이어의 경지에 든 경우는 테라노어의 역사 속에서도 최초였다. 용병왕 바락이나 론다르크 장군도 저 정도는 아니었다.

옆에 성시한이 있는 바람에 상대적으로 저평가되었지만, 순수한 테라노어인으로서 레비나는 그야말로 하늘이 내린 천재 중의 천재였다.

단지 예전에는 시간이 부족했을 뿐이다.

그런 그녀에게 충분한 시간이 주어진다면?

"십 년이라면 벽을 허물고도 남을 시간이었겠지."

"그리고 이는 짐작이지만, 뇌화의 테오란트 역시 씨프 퀸의 경지에 근접했다고 생각됩니다. 그렇지 않고서야 팔로스 왕국이 저렇게 잠잠할 리가 없으니까요."

레비나의 야심은 결코 작지 않다. 그런 그녀가 인접한 테오란트 왕국을 그냥 두고 보고 있다는 건…….

"승리를 장담할 수 없기에 그런 것 아니겠습니까?"

"으음……."

시한이 납득할 수 없는 표정을 지었다.

"야심이라니, 레비나가 비록 허영심은 많아도 그런 성격은 아니었는데……."

그가 기억하는 레비나는 꽃과 보석을 사랑하는 아름답고 귀여운 소녀였다. 욕심이 많은 건 사실이었지만, 결코 남을 짓밟으면서까지 자기 욕심을 채우려 하지는 않았다.

자기도 모르게 그녀의 얼굴이 떠오른다.

바람에 나부끼던 은빛 머리칼.

호수처럼 빛나던 푸른 눈동자.

설원처럼 눈부신 새하얀 피부.

아름다운 붉은 입술 위로 꽃처럼 피어오르던 화사한 미

소……

"왜 그런 눈으로 보나, 켈테론?"

과거의 추억에 잠깐 빠져 있다 말고 시한은 눈을 껌뻑였다. 어쩐 일인지 그가 굉장히 황당하다는 눈으로 자신을 바라보고 있었다.

한참을 머뭇거리다가, 켈테론이 말했다.

"시한 님의 분노를 살 각오로 감히 말씀드리겠습니다."

침을 꿀꺽 삼킨 뒤 말을 잇는다.

"그녀는 원래 그런 성격이었습니다."

살짝 분노마저 느껴지는 목소리로, 켈테론은 차분히 진실을 토해냈다.

"모두가 알고 있었지요. 다른 혁명 6영웅은 물론이고 씨프 퀸의 수하들이며 과거 혁명군 병사들, 심지어 젝센가드 휘하의 졸자였던 저마저도."

"……"

성시한은 침묵했다. 켈테론이 조심스레 말을 맺었다.

"모르셨던 이는 시한 님뿐이었습니다……."

무거운 공기가 집무실에 내려앉았다. 자기도 모르게 시한의 등 뒤로 살기가 피어올랐다.

"죄송합니다아!"

켈테론이 사색이 되어 넙죽 엎드렸다.

"부, 부디 용서를!"

조금 전의 영민한 모습은 싹 사라지고 겨울바람 맞은 사시나무처럼 사정없이 벌벌 떨어댄다.

입으로는 분노를 살 각오라더니, 정작 살기를 접하니 정신이 휙 나간 모양이었다.

그 모습을 보며 시한은 쓴웃음을 지었다.

'아니, 이러려고 한 게 아닌데……'

켈테론의 말은 틀리지 않았다. 분명 성시한 자신만이 모르고 있었을 것이다.

십 년 전 마지막으로 본, 그 만년설처럼 차가운 눈빛이야말로 실은 그녀의 진정한 본성이었겠지.

"일어나게, 켈테론. 그냥 속이 좀 쓰려서 무심코 흥분했을 뿐이다."

애써 진정하며 시한은 손을 내밀었다.

"당신한테 화난 게 아니야."

손을 맞잡고 켈테론이 슬그머니 몸을 일으켰다.

그런 후에도 생쥐처럼 열심히 눈치를 본다.

"속 많이 쓰리십니까? 약 가져올까요? 속병에 좋은 약이 있는데."

어째 계속 횡설수설하는 것이 아직 공포에서 벗어나지 못한 것 같았다. 실소하며 시한은 자리에서 일어났다.

"뭐, 이걸로 대충 필요한 건 모두 들었으니까."

그리고 아무 일 없었다는 듯 집무실을 나섰다.

"그럼 돌아갈게, 수고했어, 켈테론."

"넵~! 살펴가십쇼오~!"

넙죽 인사하며 켈테론은 성시한의 뒷모습을 바라보았다.

차분하던 태도와는 달리, 시한의 어깨는 희미하게 떨리고 있었다.

*　　　　*　　　　*

어느 날 성시한은 깨달았다.

"어? 그러고 보니 나 라텐셀 구경 한 번도 안 했었네?"

시한과 알리타, 제논이 왕도 라텐셀에 머무른 게 벌써 몇 달째였다. 그런데 그 오랜 시간 동안 그들이 아는 장소라곤 딱 두 군데뿐이다.

팬티 팔아 마련한 제논 표 리모델링 하우스, 그리고 켈테론의 별채.

항시 집 안에 처박혀 있다 보니 정작 이 도시에 대해선 하나도 아는 게 없다. 흑사자 기사들 습격하러 나갈 땐 항상 야밤이었고.

"관광이나 해볼까? 어차피 오늘은 할 일도 없는데."

안 그래도 심심한 차였다.

처박혀서 수련에 매진하는 것도 하루 이틀이지, 매일 검만 휘두른다고 마냥 강해지는 것은 아니다. 제때 휴식을 취해주어야 오히려 성장이 빠르다는 걸 그는 이미 경험으로 잘 알고 있었다.

그렇지만 막상 쉬자니⋯⋯.

"이 빌어먹을 테라노어는 놀 게 없어!"

TV도 컴퓨터도 인터넷도, 아무것도 없는 세계다. 21세기 한국인 입장에선 그야말로 도락(道樂)의 불모지라 해도 좋을 정도다.

물론 기원전부터 내려오는 유서 깊은 도락, 여자 끼고 술 처먹는 방법도 있기야 하지만 불행히도(?) 시한이 그 정도 인간 망종은 아니었다.

그렇다 보니 즐길 거라곤 켈테론이 사다준 이런저런 서적들뿐.

이미 다 읽어버린, 쌓여 있는 책 더미를 바라보며 시한은 한숨을 쉬었다.

"그나마 책이라도 많아서 다행이지."

중세 시대의 지구와 달리, 테라노어에서 책이란 그렇게까지 귀한 물건은 아니었다.

마법의 존재 덕분이었다.

목재로부터 종이를 생산하는 마법, 원본과 동일한 형태로 종이에 잉크를 유착시키는 마법은 상아탑 3층 이상의 마기언이라면 누구나 구사할 수 있는 주문이다.

엄밀히 말하면 인쇄보다는 복사에 더 가까운 개념이겠지만, 어쨌든 어지간한 마기언이라면 누구나 하루에 책 수백 권쯤은 제작이 가능했다. 실제로 수준 낮은 마기언들의 주 수입원이기도 하고.

그래서 전체적인 문명 레벨은 지구의 르네상스 시대 정도인 주제에, 테라노어의 서적 공급량은 거의 근대 산업혁명 시대와 맞먹는 수준이었다.

"그래, 산책도 하고 뭔가 읽을거리도 좀 구해와야겠다."

대충 옷을 챙겨 입으며 시한이 나갈 채비를 갖췄다. 그러자 알리타가 쪼르르 달라붙었다.

"나도 같이 가요."

그녀 역시 집 안에만 처박혀 있다 보니 몸이 근질근질했던 것이다.

"괜찮겠어, 알리타? 너 항상 몸 사렸었잖아?"

"이제는 천변기가 있으니까요."

알리타가 어깨를 으쓱이며 투기를 순환시켰다. 그녀의 외모가 확연하게 변했다.

여전히 아름다운 백금발의 미소녀지만 원래 얼굴과는 완전히 인상이 달라졌다.

"그 정도면 안전하겠네."

고개를 끄덕이며 성시한이 다시 문으로 향했다.

이번엔 적갈색 피부의 작은 소녀가 눈을 빛내며 달려들었다. 알리타의 종자, 디나였다.

"아! 마스터께서 가시면 저도!"

'아차!'

잽싸게 알리타가 천변기를 풀고 본래 얼굴로 돌아왔다. 디나 앞에서 외모를 바꾸면 그 이유를 의심할 테니까.

다행히 디나는 눈치채지 못했다.

"구경할 거면 안내자가 필요하잖아요?"

라텐셀 출신답게 의욕을 보이며 디나도 외출 준비를 했다. 그때 오늘도 열심히 청소 중이던 제논이 그녀를 붙잡았다.

"어딜 가, 디나? 넌 나랑 수업해야지."

"네?"

그녀는 물론 알리타의 종자였지만, 제논의 가르침도 종종 받고 있었다.

알리타는 용병으로서의 경험은 많아도 정식 기사로서의 경험은 없다. 당장 승마술만 해도 디나보다 뒤떨어지는 수준이다. 언제 말 타고 돌아다닐 일이 있어야 말이지?

그래서 알리타는 디나의 장래를 위해 제논에게도 수업을

받게 했다. 실제로 실력은 제논이 위였으니 디나도 불만 따윈 없었다.

하지만…….

"그거 원래 내일 아니었어요?"

"예정이 바뀌었다."

미심쩍어 하는 디나를 향해 제논이 당당히 말을 이었다.

"전투는 예정대로만 벌어지는 것이 아니다. 갑작스런 상황 변화를 항시 염두에 둬야 하지."

"그거야 맞는 말이지만……."

그녀는 눈을 흘겼다. 지금 상황에서 제논이 갑자기 일정을 바꾼 이유가 뻔히 보였다.

디나를 노려보며 제논이 눈을 부라렸다.

'시한 님의 오붓한 휴식을 방해하게 할 순 없지!'

제논을 노려보며 디나도 눈을 부라렸다.

'그 방해가 목적이거든, 이 근육 떡대 양반아!'

디나는 아직 성시한의 진짜 정체에 대해 알지 못한다. 선 스테인이란 이름을 지닌 용병왕 바락의 후계자라고만 알고 있다.

그런 그녀에게 시한과 알리타의 관계는 참으로 애매해 보였다.

수시로 자기들끼리 은밀히 숙덕거리질 않나(실은 과거 혁명 영웅에 대한 이야기를 하는 것이었다), 밤에 둘이서만 몰래 **빠져**나간 적도 있고(실은 흑사자 기사, 다리몽둥이 분지르러 간 것이었다), 왠지 아침만 되면 둘이 방에 처박히기도 하고(실은 차원 간 변동력 차단 마법을 갱신하는 행위였다).

딱히 사귀는 사이인 것도 아니다. 게다가 알리타의 무심한 태도를 보면 상대방에게 무슨 감정이 있는 것 같지도 않다.

디나 입장에선 한 가지 결론밖에 도출할 수 없는 상황인 것이다.

'서른 다 되어가는 아저씨 주제에 감히 우리 언니에게 껄떡 대?!'

언제부터 알리타가 그녀의 언니가 되었는지는 모르겠지만, 하여튼 디나는 분노했다. 뭐, 14살 소녀에게 성시한 정도면 까마득한 나이일 테니 이해 못 할 바도 아니다.

그런 이유로 이번에도 잽싸게 끼어들 생각이었는데…….

"자, 수업을 시작하지!"

제논이 슬쩍 **빠져**나가려는 디나의 뒷덜미를 가볍게 잡아들었다. 2미터에 달하는 근육질의 제논이다 보니 그야말로 어미에게 물려가는 새끼 고양이가 따로 없다.

축 늘어진 채 디나가 입술을 삐죽였다.

"우씨……."

자신의 순발력에 뿌듯해하며 제논이 시한을 향해 웃었다.

"그럼 재미있게 놀다 오십시오."

아무래도 뭔가 오해를 하고 있는 것 같지만, 성시한이나 알리타나 이런 쪽에 눈치가 빠른 편은 아니었다.

'제논이 디나를 많이 아끼는군.'

'잘됐다, 디나.'

별생각 없이 두 사람은 별채를 나섰다. 시한이 등 뒤로 손을 휘저었다.

"그럼 갔다 올게."

*　　　*　　　*

여름이 신록의 날개를 펴고 대지에 내려앉는다. 도시 곳곳이 생기와 활기로 가득하다.

왕도 라텐셀의 거리를 둘러보며 성시한은 중얼거렸다.

"확실히 분위기가 바뀌었네."

걸어 다니는 시민들의 얼굴이 예전과 달랐다.

젝센가드가 통치하던 시절, 사람들 안색에 드리워 있던 그늘은 더 이상 없다. 새 국왕에 대한 희망과 앞날에 대한 기대가 가득한 표정들이다.

"단순한 개인적인 복수일 뿐이었지만……."

내심 뿌듯해하며 시한이 미소 지었다.

"그래도 기분이 나쁘진 않군."

둘은 그렇게 천천히 거리를 거닐었다.

도시 구경도 구경이지만 일단 외출 목적은 '심심 타파용 서적 구입'이다. 주위를 살피며 알리타가 손짓했다.

"책방은 저쪽이네요."

마침 새로운 책들이 나왔는지 책방 앞 가판대에 한 무더기의 서적이 쌓여 있었다. 가까이 가서 살펴보니 대체로 러브 로망 계열의 소설들이었는데, 제목이 이런 식이었다.

『아찔한 이계의 꿈』, 『지구인 콤플렉스』 등등…….

제목만 봐도 내용이 대충 짐작이 간다. 시한은 신음을 흘렸다.

"…거참……."

당사자 입장에선 참으로 미묘한 기분이었다.

알리타가 반색하며 책 하나를 집어 들었다.

"어머? 이거 신작 나왔네?"

"알리타, 너 이런 거 좋아했었냐?"

황당해하며 그는 그녀를 돌아보았다. 책 하나를 들고 눈을 반짝반짝 빛내는데, 정말 기뻐하는 표정이었다.

'그러고 보니 항상 책에서 봤다는 소릴 하곤 했었지?'

시한이 중얼거렸다.

"그 책이란 게 이런 종류였어? 현실적인 성격인 줄 알았는데, 의외네……"

알리타가 눈을 가늘게 뜨며 투덜거렸다.

"소설이잖아요, 소설. 저도 이게 현실이 아니란 건 안다고
요."

"현실이 아니라니, 그럼 옆에 있는 난 뭔데?"

생각해 보면 그녀는 이제 고작 17세 소녀다. 광제의 딸인 탓
에 평범한 삶을 살 수 없게 되었지만, 그렇다고 평범한 소녀들
의 취미마저 갖지 말란 법은 없다.

'아니, 평범하지 못한 삶을 살기에 더더욱 동경하는 것일지
도 모르지.'

왠지 이해가 갈 것도 같다. 그는 아련한 눈으로 알리타를
바라보았다.

그녀는 열심히 책들을 뒤적거리며 환한 미소를 짓고 있었
다.

"와, 이것도 신작 나왔어."

피식거리며 시한도 가판대를 살펴보았다. 문득 책 제목 하
나가 눈에 띄었다.

『이계구원자의 연인』.

'레비나의 이야기인가……'

애써 태연한 척하며 그는 책을 펼쳤다. 과연 자신들의 이야
기가 어떤 식으로 세상에 전해졌는지 궁금했다.

그리고 잠시 후, 당황한 얼굴로 고개를 돌렸다.

"…알리타."

"네?"

동그란 눈으로 성시한이 책 안의 내용을 가리켰다.

"이게 뭐지? 왜 나랑 릴스타인이 웃통을 까고 서로 껴안고 있는 거야?"

"어머나."

시한은 자기도 모르게 침을 꿀꺽 삼켰다. 굉장히 섬뜩하게 들리는 '어머나'였다.

"혹시 나랑 레비나가 연인이었단 사실을 이 작가는 모르는 건가?"

"알고 있을걸요."

"아니면 릴스타인이 남자라는 사실을 모르는 건가?"

"그것도 아주 잘 알고 있을 거예요."

"그런데 왜?"

알리타는 더 이상 대답하지 않았다. 그저 대단히 불길하게 미소 지을 뿐이었다.

"으음……."

성시한은 얌전히 도로 책을 내려놓았다. 그의 본능이 더 이상 파고들어 봤자 좋은 꼴 못 볼 거라며 맹렬히 경종을 울리고 있었다.

"소설 맞네. 응, 절대 현실은 아니야······."

정체 모를 두려움 속에서 시한은 책방으로부터 '도망'쳤다. 아, 물론 알리타는 착실하게 신작을 세 권 사 들고 왔고.

"에헤헤."

싱글거리며 책 꾸러미를 껴안은 채 알리타가 걸음을 옮겼다. 그 안에 방금 본 『이계구원자의 연인』이 없다는 사실에 깊이 안도하며, 시한도 그녀를 따라갔다.

그리고 잠시 후 아차 싶어 혀를 찼다.

'그러고 보니 정작 내 책은 안 샀네?'

거리를 구경하며 좀 더 걸으니 커다란 광장이 나왔다.

광장 사방에는 거창한 석상들이 서 있었다.

가장 선두에 수염 난 근육질 거한의 석상이 보인다. 혁명 영웅 젝센가드의 모습이다. 옆에는 긴 머리의 마기언들과 중후한 중년 검사, 아름다운 소녀와 미인의 석상도 세워져 있다.

석상의 숫자는 총 일곱, 그중 젝센가드와 어깨를 마주하고 있는 소년 검사의 석상이 있었다.

대들보만 한 거대한 검을 짊어진 채, 세상 모든 것을 불살라 버리겠다는 듯한 표정을 짓고 있는 근육질의 소년이었다.

성시한이 혀를 내둘렀다.

"어휴, 이 친구, 누군지 몰라도 참 살벌하게 생겼네."

석상 밑으로 눈길을 향하며 알리타가 말했다.

"이계구원자라고 쓰어 있는데요?"

"…정말 누군지 몰라서 한 소리 아니거든?"

자신의 석상을 외면하며 시한은 머리를 짚었다.

당시 그가 제법 탄탄한 몸을 지니긴 했지만 그래 봤자 평범한 검사 수준이었다. 지금도 옷 입혀 놓으면 오히려 말라 보일 정도다.

당연히 저 석상처럼 미스터 올림피아 뺨치는 근육 괴수인 적은 없었다.

"스테로이드를 박스로 맞아도 저렇게는 안 되겠다. 왜곡되어도 어쩜 저렇게까지 왜곡되어 전해질 수가 있냐?"

어쨌거나 과거 그의 위업은 여전히 테라노어 곳곳에 남아 있는 듯했다. 시한 입장에선 조금 의외의 일이었다.

'날 그렇게 쫓아냈으니 당연히 내 존재도 모조리 지울 줄 알았는데……'

하지만 생각해 보면 굳이 혁명 6영웅이 성시한의 명성을 더럽힐 이유는 없었다.

살아 있는 영웅은 몰락시키고 죽은 영웅은 숭배하는 것이 세상의 섭리.

'돌아가셨다'라거나 '세상을 떠났다'가 괜히 죽음을 의미하는 관용구가 아니다. 지구로 돌아간, 테라노어를 떠난 시점에서 성시한은 죽은 것이나 다름없다.

혁명 6영웅 입장에선 오히려 이계구원자의 전설을 더더욱 드높이는 것이 자신들의 명성과 권력을 강화하는 방법이었으리라.

"어쨌건 아무도 날 알아보지 못하는 건 좋군."

코웃음을 치며 시한은 자신의 석상을 뒤로했다. 알리타가 광장 한쪽을 가리키며 물었다.

"저기서 좀 쉴까요?"

슬슬 점심때였다.

작은 나무 그늘 아래 두 사람은 자리를 잡았다. 알리타가 바구니를 열고 기름종이로 싼 도시락을 꺼냈다.

오늘의 점심 메뉴는 부드러운 밀빵 사이에 훈제 사슴 고기와 신선한 야채, 토마토 등을 끼우고 특제 소스를 바른 샌드위치.

"드세요."

샌드위치를 받아 들며 시한이 물었다.

"어? 이거 설마 제논이 만든 거야?"

켈테론 저택 요리사의 솜씨를 접한 후론 제논도 굳이 직접 음식 안 하고 대충 배달시켜 먹고 있었다. 그 정도면 충분히 먹을 만했으니까.

쿠데타 준비로 이래저래 바쁘다 보니 아무래도 직접 요리하기엔 시간이 아까웠던 것이다.

간만에 제논 요리를 다시 먹나 싶어 시한이 기대에 찬 눈빛을 반짝였다. 알리타가 무심하게 고개를 저었다.

"아뇨, 제가 만든 건데요."

반짝이던 눈빛이 급속도로 꺼져간다. 그녀가 입을 삐죽였다.

"너무 노골적으로 실망하는 거 아니에요?"

"미, 미안⋯⋯."

"안에 바른 소스, 제논장이에요."

"오! 맛있겠다!"

"그렇다고 그렇게 노골적으로 좋아하다니⋯⋯."

일국의 왕 부럽지 않은 점심 식사를 즐기며(관용적 의미가 아니라 실질적으로도 대충 맞는 표현이었다) 두 사람은 오물오물 샌드위치를 씹었다.

따가운 햇살 아래 바람이 불어 목덜미를 시원하게 간질인다. 잠시 그 느낌을 감상하다 말고 알리타가 물었다.

"그럼 시한, 이제 다음 목표는 누군가요?"

젝센가드를 처리했으니 이제 배신자는 다섯 명 남았다.

씹고 있던 빵 덩이를 꿀꺽 삼킨 뒤 시한이 입을 열었다.

"음, 그게⋯⋯."

　　　　　＊　　　　　＊　　　　　＊

　성시한은 혁명 6영웅 중 젝센가드를 첫 번째 복수의 대상으로 택했다.

　"그 친구가 제일 만만했으니까."

　이는 모든 요소를 종합적으로 판단했을 때 만만하다는 소리였다. 단순히 일대일 대결이나 전투력만을 두고 내린 판단이 아니었다.

　"휘하 세력이라든가, 십 년 전의 일에 대해서 유도 신문하려면 확실히 제일 상대하기 편하지."

　하지만 일대일 전투로만 놓고 보면 젝센가드보다 훨씬 만만한 작자들이 둘이나 있었다.

　바로 릴스타인과 사파란이었다.

　"둘 다 마기언이잖아?"

　시한에겐 테라노어의 마법이 통하지 않는다. 제아무리 마법의 극의에 다다른 플로어 마스터라도 그에겐 그냥 평범한 일반인인 것이다.

　그럼에도 시한은 저 둘을 뒤로 미뤄놓았다.

　분명 일대일 상황을 만들기만 하면 필승을 장담할 수 있는 상대들이지만······.

　"···일대일 상황으로 가기가 너무 힘들 테니까."

마기언이 홀로 전투에 임하는 경우는 거의 없다. 소드하이 어라면 무인의 명예니 뭐니 해서 혼자 싸우는 경우가 꽤 있지만, 마기언은 오히려 단독 전투를 하는 쪽이 불명예라 여긴다.

"얼마나 멍청하고 현황을 파악하지 못하기에 마기언 주제에 그런 상황까지 갔냐? 뭐, 이런 식이거든."

그래서 성시한은 다음 목표로 뇌화의 테오란트를 염두에 두고 있었다.

"테오란트는 소드하이어잖아. 자신의 검에 자신이 있을 테니 일대일 상황으로 만들기가 상대적으로 쉬울 거라 여겼지."

알리타가 의아해했다.

"은형의 레비나가 아니고요?"

"레, 레비나는 좀 더 마음의 준비를 하고 찾아보려고……."

어색해하며 시한이 잽싸게 말을 돌렸다.

"어쨌거나, 그럴 작정이었는데 켈테론의 말이 걸리더라고."

켈테론은 말했다.

'뇌화의 테오란트 역시 씨프 퀸에 근접한 경지라 추측됩니다.'

레비나는 현재 무신급 소드하이어의 경지에 올랐다고 했다. 만약 테오란트 역시 같은 무신급이라면 아무리 성시한이라도 필승을 장담하지 못한다.

"많이 회복되긴 했지만 그래도 내 투기량은 아직 초인급 수준이지. 완벽하게 힘을 되찾으려면 좀 더 시간이 필요해."

그렇다고 힘을 완전히 되찾을 때까지 마냥 처박혀 있을 생각도 없었다.

'이미 십 년이나 시간 낭비를 했는데, 여기서 더 하라고?'

그래서 목표를 바꿨다.

"카렌 이나시우스. 그녀부터 찾아볼 생각이다."

테라노어에는 그 넓은 영토와 인구만큼이나 수많은 종교와 신앙이 존재하고 있었다.

각 지역마다 전해져오는 토속신앙이 있고, 온갖 미신이 팽배하며, 잡다한 사교들도 사방에서 난립한다.

하지만 진정한 신의 기적을 현세에 보이는 종교 집단은 단 셋뿐이었다.

낮과 광휘와 태양의 신, 아란 테세린을 섬기는 태양의 교단.

밤과 어둠과 달의 여신, 크론 리자테를 섬기는 달의 신전.

새벽과 석양과 별의 여신, 티아렌 실필을 섬기는 별의 성지.

일월성신을 섬기는 이 세 교단은 진정한 신의 기적, 신성술(神聖術)을 구사하여 자신들의 신앙이 진실임을 증명했다.

또한 치유의 신성술을 사용하는 성직자(聖職者)들은 프린, 파괴의 신성술을 구사하는 성전사(聖戰士)들은 프레이어라 불리며 테라노어 전역의 경외를 받고 있었다.

카렌 이나시우스는 달의 여신, 크론 리자테의 프린이었다.

동부 갈렌족 출신 고아로 달의 신전에서 자란 그녀는 어릴 적부터 신성술에 빼어난 재능을 보였다.

십 대에 이미 정규 프린이 될 정도로 뛰어났던 카렌은 어린 나이에 순례자가 되어 대륙을 떠돌았다. 그리고 수많은 고통과 눈물이 세상을 적시고 있는 것을 보았다.

제국의 수탈과 학대, 사람 목숨을 벌레처럼 아는 귀족들, 심지어 백성들을 보살펴야 할 일월성신의 교단마저도 타락할 대로 타락해 권력과 결탁하여 제 욕심만 챙기고 있었다.

분노한 카렌은 달의 신전을 떠났다. 광제에게 반기를 들고 고통 받는 사람들을 위해 맞서 싸우고자 다짐했다.

사실 아무리 뛰어난 프린이라도 치유술사인 이상 직접적인 전투력은 없다. 하지만 그녀는 평범한 프린이 아니었다.

카렌은 성직자인 프린이면서, 동시에 성전사인 프레이어의 힘도 가지고 있었다.

신성술의 법칙에 따르면 치유와 파괴의 힘은 한곳에 머물 수 없다. 하지만 그녀의 아득할 정도로 높은 재능이 저 불가능을 가능케 한 것이다.

프린의 능력으로 스스로를 치유하며 프레이어의 힘을 휘두르는 불사(不死)의 마녀, 카렌 이나시우스.

그 끔찍한 권능 앞에 제국군은 속수무책으로 쓰러졌고 시간이 지날수록 그녀의 목에 걸린 현상금이 높아져만 갔다.

몇 년 뒤, 결국 카렌은 루스클란 제국의 공적인 혁명 7영웅 중 하나가 되었다.

"하지만 사실 카렌의 전투력 자체는 그렇게 강하지 않았어."

당시를 떠올리며 성시한은 말했다.

"레비나를 제외하곤 제일 약했지. 물론 약하다곤 해도 어디까지나 우리들 사이에서의 이야기였지만."

카렌은 거의 재생력에 가까운 자가 치유력에 소드하이어에 근접한 직접 전투 능력, 그에 더해 마기언과도 비견될 강력한 원거리 신성 공격술을 지니고 있었다. 게다가 프린의 힘이 있어 지구력도 엄청났다.

"대신 결정적인 한 방이 약했거든."

쉽게 말해서, 오래오래 지치지 않고 싸울 수는 있는데 상대를 쓰러뜨릴 힘이 부족하다는 소리다.

그렇다 보니 일대일 대결에선 아무래도 다른 혁명 7영웅에 비해 손색이 있었다.

"대신 전쟁터에선 거의 무적이었지."

저런 범용성 높은 능력은 일대일 대결보다는 대규모 전투에서 더욱 빛을 발하는 것이다. 성직자인 만큼 신성한 광휘로 병사들의 사기도 끌어올릴 수 있었고.

"그렇다고 카렌이 일대일 대결에 마냥 취약하기만 한 것도 아니야."

질병을 치유하는 프린의 능력과 상대를 파괴하는 프레이어의 힘이 결합되자, 세상 누구에게도 없는 독특한 권능이 생겨났다.

"그녀는 온갖 질병을 상대에게 감염시킬 수 있었어. 사실 그게 카렌의 가장 강력한 능력이었지."

아무리 강력한 소드하이어나 마기언이라도 병마 앞에 자유로울 순 없다. 일대일 대결에서도, 전쟁터에서도 모두 통하는 강력한 무기인 것이다.

상대보다 더 강한 힘으로 쓰러뜨리는 게 아니라, 상대를 약화시켜서 쓰러뜨리는 타입이랄까?

"문제는 저 권능이 정작 루스클란의 이계 마물들에겐 전혀 통용되지 않았다는 점이지만."

"왜요?"

알리타가 고개를 갸웃거렸다. 시한이 고소를 지었다.

"이계의 존재에겐 테라노어의 질병이 감염되지 않거든. 나 역시 마찬가지고."

이것이 그가 다음 목표로 카렌 이나시우스를 선택한 이유였다. 상대의 가장 큰 무기를 무효화시킬 수 있는 것이다.

"내겐 참 다행스런 일이지."

옛날을 떠올리며 시한은 웃었다.

만약 저런 특징이 없었다면 과거의 그는 강해질 시간조차도 얻지 못했을 것이다. 그 전에 테라노어의 풍토병에 걸리거나, 부상에 따른 2차 감염으로 벌써 한 줌 흙이 되었겠지.

"헤에……."

신기해하며 알리타는 시한을 바라보았다.

마법이 이계의 존재에게 안 통한다는 건 이미 알고 있었지만 질병도 안 먹힌다는 건 처음 들었다.

"왜 그런 거죠? 혹시 질병도 마법의 일종이라서?"

"그런 건 아닌 것 같아. 반대로 지구의 질병도 테라노어에선 전혀 통용되지 않았으니까."

시한이 고개를 저었다.

"안 그랬으면 아마 난 걸어 다니는 역병 제조기였을걸?"

고립된 지역에 외부 생물체가 유입되면 신종 전염병이 퍼질 가능성이 생긴다. 그리고 만약 전염병이 창궐한다면, 그 질병들은 현지 생물에게 무시무시한 위력을 발휘한다.

면역이 전혀 없을 테니까.

하물며 성시한은 현대의 지구, 항생제의 발달 때문에 진화할 대로 진화한 강력한 세균들이 즐비한 세계에서 왔다.

상식대로라면 그가 지나간 자리마다 시체가 즐비해야 정

상인 것이다. 괜히 중세 유럽에서 흑사병으로 그 많은 인구가 죽어나간 게 아니다.

"그런데 나 때문에 테라노어에 신종 전염병이 돌지는 않더라고. 하긴 이것도 당시엔 몰랐고 한국으로 돌아간 뒤 대학물 좀 먹고 나서야 깨달은 사실이지만."

'대학물'이라는 음료가 뭔지 잠깐 궁금했지만, 알리타는 굳이 묻지 않았다. 대신 생각에 잠겼다.

"신기하네요, 왜 그런 걸까?"

그녀가 나름 그럴듯한 추리를 내놓았다.

"질병은 생명체가 아니니까, 차원 포털을 통과하지 못한 거 아니에요? 오직 생물체만이 차원을 넘을 수 있다면서요?"

시한이 고개를 저었다.

"사실은 그게 제일 이해 안 가는 부분이긴 해."

테라노어의 문명 수준에선 아직 밝혀지지 않았겠지만 세균, 박테리아도 엄연히 생명체다. 바이러스쯤 되면 그 정의가 미묘하겠지만.

아니면 그런 미세 단위는 생명체로 안 치는 걸까?

'그것도 이상하지? 그럼 몸속의 대장균이나 유산균 같은 것도 같이 분리되었게?'

뭐, 자기 배 속에 균이 있는지 없는지 시한이 알 도리가 없기는 하다. 하지만 어쨌건 처음 테라노어에 소환될 때 딱히 신체적으로 이상이 있었던 것 같진 않았다.

'그렇다고 차원 포털이 무슨 의사도 아닌데, 몸에 좋은 세균만 남긴 채 차원을 통과시킬 리도 없잖아?'

하지만 미생물과 세균의 개념을 이 자리에서 알리타에게 일일이 다 설명하긴 너무 지난한 일.

그래서 간단히 요약했다.

"어쨌건, 차원 포털과 생명체의 상관관계 때문은 아닌 것 같더라."

알리타는 연신 눈만 깜빡였다. 설명이 영 이해하기 힘들었다.

그녀가 가장 근본적인 질문을 던졌다.

"대체 차원을 통과할 수 있는 생명체의 기준이 뭐예요?"

시한이 피식 웃었다.

"그걸 알아내는 것이 바로 릴스타인의 연구 과제 중 하나였지."

*   *   *

루스클란 제국력 1009년, 사우스 클라니움의 한 허름한 다락방.

낡은 테이블에 앉은 이십 대의 아름다운 청년이 뭔가를 중얼거리고 있었다.

"생명체만이 차원을 넘을 수 있다. 이것이 이계소환술에 대한 상식."

어깨를 넘어가는 긴 흑발을 아무렇게나 흐트러뜨린 채, 턱을 괴고 황금빛 눈동자를 빛내며 생각에 잠긴다.

옆에서 숫돌로 칼날을 갈고 있던 소년이 황당해하며 물었다.

"뻔히 아는 이야기를 왜 그리 진지하게 하는 거야, 릴스타인?"

"이걸 뻔한 이야기로 여기는 시점에서 네게는 마기언의 자격이 없는 거야."

장발의 청년이 흑발의 소년을 쩨려보며 투덜거렸다.

"솔직히 시한, 네가 무슨 마기언이냐? 그냥 걸어 다니는 마법 발사기지."

현재 성시한의 마법 실력은 8층 수준, 7층에 다다른 릴스타인보다도 높았다. 하지만 그렇다고 제대로 된 마기언이라 할 순 없었다.

그저 닥치는 대로 수집한 마법을 반복 학습으로 터득했을 뿐이니까.

마력이 남아도는 데다 흐름이 뻔히 보이니 습득 자체는 쉽다. 대신 마법에 대한 이해도는 그리 깊지 않다.

반면 릴스타인은 터득한 마법의 연구와 이해를 게을리하지 않고 있었다.

단순히 학습하기만 한 자와 연구하는 자의 차이는 크다.

"그래, 너 잘났다."

툴툴대며 시한은 다시 숫돌로 시선을 돌렸다. 계속 머리카락을 꼬던 릴스타인이 문득 신경질을 냈다.

"아우, 머리 너무 길어서 슬슬 거추장스럽네. 확 잘라 버릴까?"

그러자 방 한쪽 침상에 앉아 명상에 잠겨 있던 건장한 사내가 눈을 번쩍 떴다. 칙칙한 금발에 푸른 눈을 지닌 무뚝뚝한 인상의 30대 남자였다.

날카로운 눈매로 장발의 청년을 노려보며 사내가 말했다.

"그거 좋은 생각이다, 릴스타인! 내가 이참에 사나이다운 머리통을 만들어주지!"

바로 단검을 꺼내드는 폼이 평소에도 치렁치렁한 그의 헤어스타일이 영 마음에 들지 않았던 모양이다.

릴스타인이 미간을 찌푸렸다.

"내가 미쳤다고 내 머리를 네게 맡기겠냐, 테오란트?"

스스로 머리를 손질하는 테오란트의 현재 모습은 실로 가관이었다. 대충 손에 잡히는 대로 단검으로 슥슥 그었으니 당연한 결과였다.

좋게 표현하면 거친 야성미, 솔직히 말하면 그냥 쥐 파먹은 꼬락서니.

테오란트가 이해하지 못하겠다며 반문했다.

"제국의 반역자로 쫓기는 신세인데 헤어스타일 따위가 중요한가?"

"반역자로 쫓기는 신세니 더더욱 신경 써야지. 제국 놈들이 쥐 파먹은 머리 꼴을 한 나를 보면 얼마나 비웃겠어?"

그냥 만나도 짜증 나는 적이, 자신을 비웃기까지 하면 더 짜증 나는 법이다.

릴스타인의 반박에 테오란트는 진지하게 고뇌했다.

"듣고 보니 그럴듯하긴 하군. 확실히 상대의 분위기 역시 전투의 승패에 영향을 주는 법이니."

역시 타고난 검사, 세상만사 모든 것을 오직 전투로만 연결시킨다. 릴스타인이 비아냥거렸다.

"이왕 칼 뽑은 김에 수염이나 깎으시든가?"

그러자 테오란트가 진지하게 면도를 시작했다. 나름 합당하게 들렸나 보다.

실소하며 릴스타인은 다시 자신의 머리칼을 매만졌다.

"음, 진짜 잘라 버릴까?"

성시한이 고개를 갸웃거리며 끼어들었다.

"아깝지 않아? 그 머리, 어울리던데."

"어, 그래? 그럼 그냥 길러야지."

여자 같다고 하면 투덜거리는 주제에, 또 어울린다니 좋아하는 릴스타인이었다.

싱글거리며 그는 머리칼을 땋아 비녀를 꽂았다. 어쨌건 불편한 건 사실이었으니까.

그리고 다시 원래의 연구 과제로 돌아갔다.

"차원 포털은 오직 생명체만을 통과시킨다. 그런데 대체 생명체의 기준이 뭐지?"

성시한을 돌아보며 릴스타인이 질문했다.

"시한, 네가 처음 테라노어에 왔을 때 알몸이라고 했었지?"

"그랬지."

"그럼 당시 네 몸에 묻어 있던 이물질은 어떻게 됐어? 그러니까 한국에서 묻은 진흙이나 그런 거."

"우리 세계는 이 동네처럼 항상 이거저거 묻히고 다니지 않거든? 청결한 세상이라고."

반박하며 시한은 잠시 예전의 기억을 되새겼다.

광제 앞에 툭 떨어질 때 과연 몸 상태가 어땠었나? 때 빼고 광낸 것처럼 깔끔한 몸이었나?

"…당연히 기억 안 나지! 정신 차려보니 이상한 아저씨들 앞에서 홀딱 벗고 있었는데, 그딴 거 신경 쓰고 있었겠냐?"

"하긴 그렇군."

투덜대는 시한을 보며 릴스타인이 고개를 주억거렸다. 그러더니 다시 물었다.

"머리카락은 어떨까? 머리카락은 생명체인가? 차원 넘어올 때 대머리는 아니었지, 시한? 그럼 머리칼도 함께 차원을 넘어왔다고 봐야겠지?"

"당연한 거 아냐? 내 몸의 일부인데."

"만약 머리카락을 잘라서 손에 쥐고 있으면? 그 머리카락은 네 몸의 일부인 거야, 아닌 거야?"

릴스타인의 질문이 계속 이어졌다.

"아니면 소환되었을 당시 네 배 속의 음식물들은? 일단 배 속에 들어간 시점에서 몸의 일부로 치부되는 건가? 혹은 문신을 했다면? 문신에 사용된 잉크도 몸의 일부로 치나?"

"문신 정도는 몸의 일부로 치지 않을까?"

물론 시한이 한국에서 문신을 했다는 이야기는 아니다. 그가 손가락으로 어금니를 더듬으며 대꾸했다.

"어릴 때 충치 때운 아말감은 그대로 있거든, 지금."

"그럼 음식 대신 다른 지구의 물건을 삼키면, 그 물건은 차원을 넘어 테라노어로 가져올 수 있다는 거야?"

"그, 그건 생각 못 해봤는데."

시한의 표정이 진지해졌다.

'어? 진짜 차원을 통과하는 생명체의 기준이 뭐지?'

들다 보니 정말 궁금해지기 시작했다. 시한이 물었다.

"영혼의 유무가 아닐까?"

"그럼 흑색 상아탑의 좀비나 구울 같은 언데드는? 죽은 몸에 사령이 깃들어도 차원을 넘을 수 있는 걸까?"

진리를 찾는 마기언의 본능이 계속해 의문을 토해낸다.

"만약 차원에 빨려 들어가기 직전 당사자가 죽어버리면 어떻게 되지? 심장이 멈춘 직후라면? 치유술로 도로 살릴 수 있는 단계라면 그건 죽은 건가, 아니면 살아 있는 건가?"

점점 릴스타인의 표정이 섬뜩하게 변해갔다.

"죽은 임산부의 배 속에 아직 살아 있는 태아가 있다면? 그 태아는 생명체인가? 과연 차원을 넘을 수 있을까?"

"야, 릴스타인. 너 얼굴이 무서워."

질린 표정으로 시한이 중얼거렸다. 릴스타인이 표정을 풀었다.

"뭐, 마법을 연구한다는 건 이런 거니까."

평소의 소심한 얼굴로 그는 어깨를 으쓱였다.

"루스클란의 이계소환술은 아직 밝혀지지 않은 게 너무 많아. 적에 대한 정보를 하나라도 더 알아낼수록, 그만큼 우리 승산도 올라가겠지."

갑자기 릴스타인의 표정에 장난기가 떠올랐다.

"예를 들면 이런 극단적인 경우도 있을 수 있잖아?"

"극단적?"

"시한, 네가 소환될 때 큰일을 보고 있었다고 쳐. 그래서 변이 반쯤 몸 밖에 나온 상태에서……."

기겁하며 성시한이 인상을 구겼다.

"켁! 뭐야, 그 더러운 예시는?"

"있을 수 없는 일도 아니잖아?"

확실히 소환술사가 소환수의 스케줄 살펴가며 불러대진 않는다. 릴스타인의 말도 아주 어처구니없는 건 아니었다.

"하여튼, 그 상황에서 네가 차원 포털로 빨려 들어갔다고 상상해 봐. 그럼 매달려 있는 변은 네 몸의 일부인 거야, 아닌 거야? 아니면 항문을 기준으로 중간에 뚝 끊기기라도 하나?"

시키는 대로 시한은 그 상황을 상상해 보았다. 그리고 몸을 부르르 떨었다.

"그거참, 굉장히 상상하고 싶지 않은 상황인데."

그는 자신이 이 세계에 소환될 때, 그 이상 비참할 수 없을 정도로 비참한 꼴을 당했다고 생각했었다.

그런데 막상 이야기를 들어보니…….

"와, 더 비참할 수도 있었겠구나……."

넋 나간 시한의 표정이 재밌는지 릴스타인이 키득거리며 웃을 때였다.

"다 좋은데……."

고운 목소리와 함께 누군가가 꽁 하고 릴스타인에게 꿀밤을 먹였다.

"아야!"

"식사 시간 앞두고 꼭 그런 이야기를 해야 하나요?"

뒤통수를 매만지며 릴스타인은 뒤를 돌아보았다. 이십 대 초반의 아름다운 여인이 곱게 인상을 쓴 채 그를 내려다보고 있었다.

허리까지 드리운 폭포수 같은 검은 머릿결, 밤의 어둠처럼 포근한 흑색 눈동자를 지닌 훤칠한 미녀였다.

머쓱해하는 얼굴로 릴스타인이 그녀의 이름을 불렀다.

"아, 카렌……."

한 손에 쟁반을 든 채 카렌은 준엄하게 꾸짖었다.

"아무리 마법 연구가 좋아도 최소한의 품위는 지키세요, 릴스타인."

테오란트와 성시한이 히죽거리며 그를 놀렸다.

"혼났군, 릴스타인."

"혼났네, 혼났어."

"우씨……."

머리를 매만지며 릴스타인이 삐친 표정을 지었다. 분명 나이는 그가 카렌보다 한 살 많은데, 묘하게 누나에게 혼나는 남동생 같은 모습이었다.

"아니, 정확하게 말하면 언니에게 혼나는 여동생⋯⋯."

"닥쳐, 시한."

키득거리며 성시한과 테오란트는 테이블에 모여 앉았다. 카렌이 손에 든 쟁반을 내려놓았다.

"자, 다들 식사하세요."

나이 불문하고 서로 친구처럼 대하는 다른 이들과 달리, 그녀는 누구에게나 존대를 했다.

딱히 거리감을 두고 있어서는 아니었다. 그냥 어릴 적부터 신전에서 컸다 보니 편하게 말하는 쪽이 어색했던 것이다.

귀리죽 세 그릇이 테이블 위에 가지런히 놓였다. 사우스 클라니움 빈민층의 주식이었다.

카렌이 미안해하며 중얼거렸다.

"요즘은 식재를 구하기가 힘들어서⋯⋯."

물론 불만을 표하는 이 따윈 없었다.

사방에 굶어죽는 이들이 허다한 시대다. 심지어 자신들은 반역자로 쫓기며 숨어 사는 처지. 허기를 면하는 것만으로도 감사해야 할 판이다.

"아냐, 맛있어."

"음, 맛있군!"

릴스타인도 테오란트도 애써 표정을 환하게 하며 열심히 수저를 놀렸다. 죽을 퍼먹다 말고 성시한이 옆을 돌아보았다.

"응? 카렌은?"

귀리죽은 세 그릇뿐이었다.

카렌이 부드럽게 웃었다.

"전 준비하면서 이것저것 주워 먹었어요. 배불러요."

물론 시한은 믿지 않았다. 보나마나 또 자신은 굶어가며 일행들만 챙겼을 게 뻔하지.

죽을 한술 뜬 시한이 장난스런 말투로 숟가락을 내밀었다.

"카렌, 아~"

"먹었다니까요, 시한?"

"아아~!"

"아이, 참."

카렌은 난감해했다. 아무래도 시한은 내민 숟가락을 물릴 생각이 전혀 없어 보였다. 결국 얼굴을 붉힌 채 한입 얻어먹었다.

그러자 이번엔 릴스타인도 똑같은 짓을 해댔다.

"카렌, 아~"

"어휴, 다들 유치하긴……."

한숨을 쉬면서도 카렌은 얌전히 두 사람이 떠주는 귀리죽을 받아먹었다. 그녀처럼 진지한 성격에겐 이렇게 유치하게 나가는 게 오히려 먹히는 것이다.

그렇게 몇 빈이나 숟가락질을 하던 중이었다. 시한과 릴스타인의 시선이 문득 테오란트에게로 향했다.

"…응?"

잠시 의아해한 테오란트가 눈을 부라렸다.

"내 목을 자르는 한이 있어도 그딴 짓은 못 한다!"

그러곤 엄숙한 태도로 절도 있게 귀리죽을 떠먹는다. 뭐, 정작 반도 채 먹지 않고 그릇을 물리긴 했지만.

"배가 너무 불러서 다 못 먹겠군, 험험."

물론 믿는 이는 아무도 없었다. 저 덩치에 귀리죽 한 그릇에 배부를 리가 있나?

"남은 건 알아서 해, 카렌. 먹든가 버리든가."

그러고도 혹시나 걱정이 되었는지 슬쩍 한마디를 덧붙인다.

"하지만 아까운 음식을 버리면 벌 받을지도……."

성시한과 릴스타인이 테오란트를 놀려댔다.

"못 봐주겠군. 새침 떠는 삼십 대 아저씨라니."

"그러게 말이야. 인상은 험악해 가지고."

"둘 다 닥쳐!"

미소와 함께 카렌은 국그릇을 받아 들었다. 그리고 티격태격하는 세 사람을 보며 한 번 더 웃었다.

"다들 언제쯤 철들 거예요? 하여튼 남자들은 아무리 나이를 먹어도 애라니까?"

그릇을 치운 뒤였다. 문득 생각난 듯 카렌이 방 한쪽 구석을 뒤져 뭔가를 들고 왔다.

"참, 다들 이거."

시한이 눈을 깜빡였다.

"응? 웬 목도리야, 카렌?"

"낡은 천을 풀어서 새로 짜봤어요."

살짝 색이 바랜 목도리를 시한의 목에 부드럽게 둘러주며……

"요새 날이 추워졌으니까."

그녀는 자상한 목소리로 말했다.

"따뜻할 거예요."

성시한은 목도리에 코를 파묻었다.

"…으응."

부드럽고 포근했다.

마치 카렌, 그녀처럼.

*　　　*　　　*

성시한은 라텐셀의 푸른 여름 하늘을 올려다보았다. 그 눈빛이 너무 공허해 알리타는 감히 말을 걸지 못했다.

한참 후에야 그가 담담한 말투로 입을 열었다.

"그녀는, 어떤 의미에선 모두의 누나나 어머니 같은 존재였지."

당시의 카렌은 23살의 젊은 여인이었다. 사실 나이는 테오란트나 젝센가드, 릴스타인이 더 많았다.

그럼에도 다들 그녀 앞에 서면 자기도 모르게 어린아이가 된 기분을 느끼곤 했다

"참 온화한 성격이었어. 차분하고 이지적이고 상냥한……"

그래서 더더욱 카렌이 자신을 배신할 것이라곤 상상도 하지 못했다. 하긴, 애초에 다른 친구들이 배신할 거라고도 상상해 본 적 없긴 하지만.

"아무리 힘들고 괴로워도, 절대 미소를 잃지 않던 사람이었지."

과거를 더듬다 말고 그는 고개를 절레절레 저었다. 이거 너무 분위기가 무거워진다.

시한이 장난스럽게 표정을 바꿨다.

"그래서 제국군에겐 더더욱 공포의 대상이었지만."

"어째서요? 온화한 사람이었다면서."

"응, 그 온화한 표정 그대로 제국군의 머리통을 박살 내곤 했거든."

알리타는 잠시 머릿속으로 상상해 보았다.

성녀와도 같은 상냥한 얼굴로 상대의 머리통을 부수고, 부

드러운 미소 위로 피와 뇌수가 튀는 광경을.

"…와, 그건 무서웠겠다."

웃으며 시한이 말을 이었다.

"친누나가 있다면 그녀 같지 않을까, 생각한 적도 있었어. 난 외동이었으니까."

카렌 이나시우스는 테라노어 동부의 갈렌 민족, 외형적으로 지구의 동북 아시아인과 흡사하다. 한국인인 성시한 입장에 선 더더욱 가족처럼 느껴질 수밖에 없었다.

알리타가 뺨을 긁적였다.

"우웅, 전 형제자매의 정 같은 건 잘 몰라서……."

"알리타, 너도 외동이었어?"

"제 경우엔 너무 많아서 문제였죠."

"아, 그렇겠구나, 참."

광제의 후궁만 자그마치 1만. 알리타의 입장에선 얼굴 한 번 본 적 없는 형제자매도 수두룩할 것이다.

혀를 차며 시한이 샌드위치를 쌌던 기름종이를 구겼다.

"뭐, 카렌뿐 아니라 다들 친구이자 형제자매처럼 여겼었어, 당시엔."

그때는 그랬다.

모두 피 섞인 가족 이상으로 서로 끈끈하게 묶여 있다고 생각했었다.

"덕분에 인생 공부 한번 제대로 했지, 크크큭."

허탈함을 비웃음으로 감추며 시한은 몸을 일으켰다. 알리타가 의아해했다.

"에, 그럼 젝센가드는요?"

그때 보니까 젝센가드 같은 경우엔 어째 형 대접을 안 해주는 것 같았는데?

"젝센가드는 어땠냐고?"

잠시 생각한 시한이 묘한 뉘앙스로 대꾸했다.

"…동네 바보 형?"

알리타는 품 하고 웃었다. 저것도 형 대접이라면 형 대접인 걸려나?

기지개를 켜며 시한이 말했다.

"아우, 그럼 이만 돌아가자. 시간 많이 흘렀네."

그래, 시간이 많이 흘렀다.

더 이상 돌이킬 수 없을 정도로.

*　　　*　　　*

대륙 남부를 양분하는 두 줄기의 대하(大河), 동서 빌라엔 강.

이나시우스 교국의 수도 리자테리움은 동 빌라엔 강의 중

류에 위치하고 있었다.

제국 4대 지방 수도 중 하나였던 이스트 클라니움에서 비롯된 이 도시는 테라노어에서도 세 손가락 안에 드는 웅장한 규모를 자랑했다.

거리마다 잘 구운 기와가 얹혀진 2, 3층 건물들이 즐비하다. 길가엔 잘 조성된 가로수와 마법 가로등이 짜임새 있게 세워져 아름다움을 뽐낸다.

마치 그림으로 그린 듯 아름답고 정갈한 여신의 도시, 리자테리움.

그 중앙에 거대한 검은 탑, '밤의 눈동자'가 솟아 있었다.

지상에 내려온 여신의 현신으로 숭상받는 달의 여왕, 카렌 이나시우스의 왕궁이었다.

흑요석 옥좌에 앉아 신하들을 굽어보며 카렌이 물었다.

"젝센가드가 퇴위했다고?"

정무의 홀에 도열한 이들 중 한 명이 공손히 대꾸했다.

"예, 새 국왕은 젝센가드의 장자입니다."

"그렇군."

무심한 얼굴로 카렌은 잠시 생각에 잠겼다.

갈렌족의 민족의상에서 비롯된 검은 법복(法服)이 그녀의 몸짓에 따라 살며시 흔들린다. 검은색임에도 윤기 있는 광택이 흘러 마치 밤하늘처럼 반짝이는 아름다운 복상이었다.

신하가 말을 이었다.

"젝센가드의 심복이던 켈테론 백작이 상황을 주도했다고 합니다."

"켈테론이라… 익숙한 이름이구나."

카렌이 무심한 얼굴로 중얼거렸다.

도열해 있던 신하들 몇몇이 작게 웃었다. 모두 예전 혁명군 출신들이었다.

"아, 그 인간……."

"그 야수 대가리……."

켈테론의 과거 별명, '현자의 육체와 야수의 두뇌를 지닌 초인'은 꽤나 유명했던 것이다. 오죽하면 성시한조차도 알고 있었을까?

반면 카렌의 표정은 전혀 흔들리지 않았다.

옅은 미소 정도는 띠울 법도 한데, 여전히 무표정하다.

"겁이 많기로 유명한 자였는데, 의외로구나."

근엄한 얼굴로 그녀가 지시를 내렸다.

"내가 아는 켈테론이란 자는 그 정도의 인물이 아니었다. 그가 주도하기엔 이 일은 너무 크다. 보다 자세한 상황을 파악하라."

"예, 성하."

고개를 숙이며 신하가 뒤로 물러섰다. 그리고 다른 이가 앞으로 나섰다.

"구 젝센가드 왕국의 유민들에 대해 성하께 말씀드리고자 합니다."

"말하라."

카렌의 허락이 떨어지자 반백의 노신이 조심스레 입을 열었다.

"셀림 지방에 정착한 유민들의 일입니다……."

젝센가드의 폭정이 이어지며, 그동안 꽤나 많은 이들이 왕국을 탈출해 이나시우스 교국으로 피신해 왔다.

교국은 그들을 관대히 받아들였다.

아직 대륙 동부엔 미개간된 땅이 많았으니 교국 입장에서도 나쁜 일은 아니었다. 유민들에게 자리 잡을 동안 버틸 자원을 제공하고 개간할 정착지도 내주었다.

그런데 얼마 전 사달이 터졌다.

셀림 지방의 유민 중 몇몇이 인근 달의 신전을 습격해 여신께 바쳐진 공물을 약탈한 것이다.

카렌이 이해할 수 없다는 얼굴로 물었다.

"유민들에겐 충분한 식량과 피복이 주어졌을 것이다. 어째서 그런 일을 행했지?"

늙은 신하가 분노하며 대답했다.

"담당자가 횡령을 일삼아, 제대로 지원이 가지 않았던 모양입니다."

핍박을 피해 여신의 품으로 귀의한 가련한 이들이었다.

그런 유민들의 재산을 빼돌리다니? 이는 결코 용납할 수 없는 중죄다.

"그래서 담당자 전원을 사형에 처했습니다."

"합당한 벌이로다."

신하의 조치를 치하한 뒤 카렌은 의아해했다.

듣고 있자니 이미 끝난 일이었다. 왜 군이 이 자리에서 이야기를 꺼냈는지 모르겠다.

노신이 슬그머니 말을 이었다.

"문제는 그 유민들입니다……."

횡령을 한 관리는 적법한 절차에 따라 처벌을 내릴 수 있었다. 하지만 신전을 약탈한 유민들의 처리가 애매했다.

감히 신전의 공물을 탐했으니 이는 크나큰 죄악이다. 여신의 율법에 따르면 교수형에 처한 뒤 그 시체를 찢어 들판에 버려야 한다.

하지만 당장 먹을 것이 없어, 굶주린 가족을 위해 일어났을 뿐인 이들에게 과연 저렇게까지 가혹한 처벌을 내릴 수 있을까?

카렌은 단호했다.

"여신의 율법에 따르라."

무심하게, 조금의 흔들림조차 없이 명령한다.

굶주린 가족들을 위해 일어난 이들을 모조리 목매달고, 그 시체를 들판에 버려 짐승의 밥이 되게 하라고.

"하나 그들의 사정을 생각하면 비록 율법에는 어긋나나 어느 정도 인간적인 선처를 하는 것이……."

자비를 구걸하며 늙은 신하는 자신의 여왕을 바라보았다. 그러자 카렌도 신하를 내려다보았다.

"그들의 처지가 그들의 죄를 사해주지는 않는다."

압박감에 노신은 자기도 모르게 어깨를 움츠렸다. 세상 모든 것을 무가치하게 보는 검은 눈동자가 자신을 응시하고 있었다.

카렌이 차분하게 말을 이었다.

"인간의 죄를 사하는 것은 오직 여신의 말씀뿐."

신하는 속으로 신음을 흘렸다.

'으음…….;

겉보기엔 여전히 어린 카렌이었다.

30대의 나이임에도 여전히 피부에 주름 하나 없다. 세월이 그녀를 비껴가기라도 했는지 지금도 20대 초반으로밖에 보이지 않는다.

하지만 저 추상같은 눈빛을 마주하고 있노라면, 나이 먹은 신하들조차 어린아이가 된 기분이 들어버린다.

감정이 섞이지 않은 목소리가 홀 안을 잔잔히 흘렀다.

"세속의 율법은 인간의 사정과 감정에서 비롯되기에 억울함이 생기고 불공평하다. 신민이 믿고 따라야 할 것은 스스로 만든 법과 도덕이 아니라 절대적인 여신의 말씀이다."

신하는 속으로 한탄했다.

'결국 무리였나……'

혁명 7영웅의 일원으로 루스클란 제국으로부터 대륙을 구한 크론 리자테의 여교황, 카렌 이나시우스.

그녀는 결코 폭군이 아니었다.

오히려 역사 속 그 어떤 왕이나 황제보다도 훌륭하고 공평한 통치를 하고 있었다.

"인간의 지혜는 하찮다."

단지 그 치세 속에 겨자씨만큼의 인간미조차 없었을 뿐.

"오직 여신의 가르침만이 진정 올바른 삶의 지표일지니."

카렌이 오른손을 가볍게 허공에 그었다.

더 이상의 발언을 불허한다는 의미였다.

"예……"

속으로 한탄하면서도 신하는 애써 태연을 가장했다. 그리고 정중히 고개를 숙였다.

"율법대로 행하겠습니다, 이나시우스 성하."

Chapter 2
라텐베르크 사절단

다음 목표를 카렌 이나시우스로 정한 뒤, 성시한은 바로 켈
테론을 찾았다.

　시한 앞에 서자마자 켈테론은 대뜸 싹싹 빌기부터 했다.

　"죄, 죄송합니다! 최대한 열심히 알아봤지만 아직 디재스터
의 행방은……."

　벌벌 떠는 염소수염의 사내를 내려다보며 시한은 어색해했
다.

　"그 일 때문에 찾은 거 아닌데……."

　젝센가드를 처리하기 전의 일이다.

그는 켈테론에게 과거 사용했던 자신의 애검, 형태 변환 마검 디재스터가 어찌 되었는지 알아보라고 명했다. 덤으로 적룡의 망토와 마갑 루브레스크의 행방 역시.

물론 바로 찾아내라고 다그친 것은 아니다.

모두들 쿠데타 준비로 정신없이 바쁘던 시기다. 아무리 마검 디재스터가 중요해도 젝센가드를 처리하는 것에 비하면 상대적으로 우선순위가 낮다.

당연히 벌써 결과가 나왔을 거라곤 기대하지도 않았다.

'끙, 생각해 보면 젝센가드에게 그것도 떠봤어야 했는데.'

과거의 자신이 남긴 무구들은 분명 혁명 6영웅이 처리했을 터였다. 그냥 젝센가드에게 슬쩍 물어봤으면 현재의 행방에 대한 단서를 얻을 수 있었을지도 모른다.

'그런데 막상 그 상황이 되자 까맣게 잊어버렸단 말이지?'

십 년 동안 이 갈던 당사자가 눈앞에 있는데 그런 사소한(?) 사항까지 신경을 쓸 수가 없었던 것이다.

하여튼, 시한은 손을 내저었다.

"디재스터 때문에 그대를 찾은 게 아니다."

슬그머니 눈치를 보며 켈테론이 다시 고개를 들었다.

"그럼 어쩐 일로……?"

"의논할 게 있다."

성시한은 차분하게 말했다.

카렌 이나시우스를 만나려 하는데, 어떻게 하면 자연스럽게 그녀에게 접근할 수 있을지 켈테론의 조언이 필요하다고.

그렇다.

분명 시한은 조언을 들어보자고 했다.

그런데 켈테론이 어깨를 펴더니 자신만만하게 말했다.

"알겠습니다! 하루만 말미를 주십시오!"

그러더니 뭔가 떠오른 듯 부리나케 자기 집무실로 가버린다. 시한은 황당해했다.

"아니, 의논 좀 하자는 거였지, 무조건 시키는 대로 하라는 소리가 아니었는데?"

그리고 다음 날.

의기양양한 얼굴로 켈테론이 돌아왔다.

"처리했습니다."

"…빨라!"

기막혀 하는 시한에게 서류를 내밀며 켈테론이 차분하게 설명했다.

"이제 시한 님과 하이어 제논, 하이어 알리타와 그녀의 종자 다나 양은 이나시우스 교국으로 향하는 라텐베르크 사절단의 일원입니다."

쿠데타를 성공하고 왕권을 장악했다고 해서 모든 일이 끝나는 것은 아니다. 국왕으로서의 정당성을 주장하기 위해서는 타국의 인정 역시 필요하다.

그러니 새 국왕 아인츠 1세가 테라노어의 다른 나라에 사절을 보내는 것은 너무나 당연한 외교적 절차였다.

굳이 시한의 요구가 아니더라도 이미 켈테론은 테라노어의 오왕국으로 향할 사절단을 준비하고 있었다.

"…그건 알겠는데, 대체 어떻게 하루 만에 우릴 사절단에 넣은 거야? 행정 절차라는 게 그렇게 간단하진 않을 텐데?"

성시한의 질문에 켈테론이 별거 아니라는 듯 답했다.

"처음부터 모든 사절단에 시한 님 일행 자리를 만들어 뒀거든요."

시한의 다음 목표가 어디가 될진 켈테론도 모른다. 그래서 아예 미리미리 대비해 놓은 것이다.

"없던 자리 만드는 건 힘들지만, 있던 자리 빼는 거야 일도 아니니까요."

"왜 굳이 그런 귀찮은 짓을… 그냥 나한테 물어보지 그랬나?"

"제가 어찌 감히……."

송구스럽다며 켈테론은 고개를 숙였다.

새삼 성시한은 혀를 찼다. 왜 젝센가드 밑에서 켈테론이 그토록 출세했는지 알 것 같았다.

'아예 처음부터 섬기는 주인이 무슨 선택을 하든 전부 수용할 수 있게 준비해 둔다, 이건가?'

그야말로 입안의 혀처럼 구니 부리는 입장에선 참 기특해 보이겠지만, 거꾸로 말하면 저 사절단 준비를 맡은 켈테론 휘하의 실무자들은 쓸데없이 서류 업무를 몇 배로 해야 한다는 소리도 된다.

시한이 쓴웃음을 지으며 말했다.

"다음엔 그냥 물어봐. 괜히 밑의 사람 비효율적으로 괴롭히지 말고."

켈테론도 아차 싶은 얼굴이었다.

"아, 그렇군요? 이제는 효율적인 일 진행을 우선시해도 되네?"

젝센가드 밑에서 항상 기분을 살피며 일을 처리하던 습관이 아직 남아 있었던 것이다.

"상식이 통하는 상관을 모신다는 거, 참 좋은 일이군요. 헤헤헤."

"…얼마나 젝센가드가 비상식적이었기에 그런 소리가 다 나오나?"

서류를 받아 시한은 사절단에 대한 정보를 훑어보았다.

이나시우스 교국으로 향하는 라텐베르크 사절단은 총 인원만 150에 가까웠다. 상당한 규모지만 일국의 사절단으로는 그냥 적당한 수준이다.

"교국에 도착하시면 제법 대접이 괜찮을 겁니다. 새 국왕에 대해 릴스타인 왕국과 이나시우스 교국은 매우 긍정적인 반응을 보였으니까요."

현재 릴스타인 왕국, 테오란트 왕국, 팔로스 왕국, 이나시우스 교국은 모두 새 국왕 아인츠 1세에 대한 공식 성명을 발표한 상태였다.

젝센가드의 현명한(?) 선택을 존중하며 새 국왕과 돈독한 교류를 이어가겠다는 내용이었다.

시한이 물었다.

"사파란 왕국만 빼고 말이지?"

켈테론이 애매한 표정으로 대꾸했다.

"사파란 왕국만 빼고 말이죠."

사파란 왕국 쪽은 아무런 성명을 발표하지 않았다.

국왕이 된 후, 젝센가드는 특히나 사파란과 친하게 지냈다. 솔직히 말하면 멍청한 젝센가드를 사파란이 계속 조종해 왔다는 쪽에 가까웠다고 해야겠다.

"카곤 전쟁 때 젝센가드 왕국이 끼어든 것도 사파란의 영향이었죠."

그런 만큼 친우를 잃게 된 사파란이 새로운 국왕, 아인츠 1세를 좋게 볼 리가 없다는 것이 켈테론의 설명이었다.

왠지 찜찜해 성시한이 중얼거렸다.

"이러다 전쟁이라도 일어나는 거 아냐? 그냥 사파란 쪽을 먼저 찾아보는 게 나으려나?"

자신의 복수 때문에 라텐베르크 왕국의 애꿎은 백성들이 시달리는 건 원하는 바가 아니었다.

켈테론이 고개를 저었다.

"그 정도로 큰 문제는 아닙니다. 릴스타인이 있으니까요."

사파란이 아인츠 1세의 즉위에 불만을 가지고 있다 해도 바로 움직일 수는 없다. 등 뒤에 테라노어 최강국, 릴스타인 왕국이 버티고 있으니까.

"릴스타인과 사파란인가?"

과거를 떠올리며 시한이 피식거렸다.

"원래 그 둘은 그렇게 사이가 좋은 편은 아니었지."

둘 다 마법의 길을 걷는 경쟁자다. 그렇다 보니 십여 년 전에도 수시로 다투곤 했다. 분위기가 험악해져 시한과 카렌이 중재에 나섰던 것도 한두 번이 아니다.

"잘됐군, 충분한 시간을 벌 수 있겠어."

"그렇습죠."

머리를 조아리며 켈테론이 말했다.

"출발은 사흘 뒤입니다. 그 안에 모든 준비를 갖춰놓겠습니다."

흡족한 표정으로 시한이 대답했다.

"잘 부탁하네, 켈테론."

공식적으로, 젝센가드 왕국의 쿠데타에서 성시한이 한 건 아무것도 없다.

젝센가드는 '스스로' 제위를 양도하고 '야인'이 되어 왕궁을 떠난 걸로 되어 있다. 하이어 버클리야 그냥 정체불명의 소드 하이어에게 비명횡사한 걸로 처리되었고.

그렇다 보니 용병왕 바락의 후계자, 션 스테인의 존재는 외부에 알려지지 않았다. 켈테론에게 미리 언질을 들은 몇몇 쿠데타의 중추만이 알고 있을 뿐이었다.

덕택에 시한 일행은 여전히 타인의 관심을 받지 않고 라텐베르크 사절단의 호위기사로 움직일 수 있었다.

*   *   *

구 젝센가드, 현 라텐베르크 왕국의 남부 잘라트 지방의 한 숲 속.

십여 대의 마차가 숲 사이의 소로를 지나간다. 주위로 말을 탄 기사들이 철통같은 경비를 서고, 대열 전후로 중무장한 병사들이 삼엄한 군기를 드러내며 걸음을 옮긴다.

이나시우스 교국으로 향하는 라텐베르크 사절단이었다.

덜컹거리는 마차 창문이 슬쩍 열리더니 사절단의 총책임자, 그란셀 남작이 고개를 내밀었다.

"정말 마차를 안 타도 괜찮겠소, 하이어 선?"

말고삐를 쥔 채 성시한은 부드럽게 고개를 끄덕였다.

"괜찮습니다. 이쪽이 더 편합니다."

왕년엔 지겹도록 말을 타고 돌아다녔던 그였다. 기마 상태로 전쟁터를 질주한 것도 한두 번이 아니다. 비록 십 년 만이라곤 해도 승마술은 충분히 익숙했다.

"그래도 불편한 점이 있으면 언제든 말씀해 주시구려."

"알겠습니다. 신경 써 주셔서 감사합니다."

"감사는 무슨… 당연히 해야 할 일이거늘……."

현재 성시한의 공식적인 지위는 사절단 총괄 호위 기사였다. 충분히 높은 신분이지만, 그렇다 해도 총책임자인 그란셀 남작이 이토록 신경 쓸 정도는 아니다.

하지만 시한은 남작의 저런 태도를 이상하게 여기지 않았다.

'저자는 내 진짜 정체를 알고 있댔지?'

정확히는 이계구원자 성시한이 아닌, 용병왕 바락의 후계자로서 알고 있다는 소리였다.

'말하자면 내 진짜 가짜 정체를 알고 있다고 해야 하나? 뭔

가 말이 꼬이네, 이거.'

그란셀 남작은 쿠데타의 중추 중 하나로, 젝센가드가 도주할 시 낡은 고성에 있던 이였다. 성시한이 젝센가드를 처리한 사실 또한 알고 있었다.

물론 진짜 상황은 모르고 그냥 탈진한 젝센가드를 선 스테인이 기습해 처리했다 정도로만 알고 있었지만, 그 정도로도 엄청난 위업이긴 마찬가지다. 그란셀 남작 입장에서는 감히 함부로 할 수 없는 거물인 것이다.

그런 만큼 만약 성시한이 마차를 원했다면 당장이라도 최고급의 안락한 사두마차에 몸을 맡길 수 있었다.

하지만 그는 일부러 말을 타고 이동하는 쪽을 택했다. 알리타의 승마 연습을 위해서였다.

"아으, 이거 영 불안하네요……."

그녀는 시한과 머리를 나란히 한 채 말을 몰고 있었다. 고삐를 쥔 손짓이 시종일관 조심스럽기 그지없다.

반면 맞은편에서 말을 몰고 있는 제논이나 디나는 마치 두발로 걷는 것처럼 안락한 표정이었다.

제논이야 원래 릴스타인 왕국의 기사였으니 당연히 승마술따윈 능숙하다. 디나도 사실은 귀한 집 자식인지라 어릴 적부터 말을 많이 타봤다.

농담조로 시한이 말을 건넸다.

"알리타, 너도 따지고 보면 귀한 집 자식 아니었냐?"

"전 집안이 몰락했잖아요."

"…틀린 말은 아닌데, 그렇게 표현하니 뭔가 좀 느낌이 다르네."

천년 제국의 멸망을 집안의 몰락으로 비유하니 스케일이 대폭 줄어든다.

"짐말 같은 건 몇 번 타봤지만……."

머쓱해하며 알리타가 중얼거렸다.

"제대로 된 말 한 필이 얼마나 비싼데요?"

투기와 마법을 다루는 초인이 실존하는 테라노어에서도 말은 최고의 탈것 중 하나이자 효용도 높은 가축이었다.

질주용 투기술을 전력으로 전개한다 해도 말보다 빨리 달리기란 결코 쉽지 않다. 아무리 투기검을 다룰 수 있다 해도 기마(騎馬)가 주는 높이와 기동력의 우위는 승패에 크게 영향을 미친다.

쉽게 말해서, 어지간한 수준의 소드하이어라면 말 탄 쪽이 뛰어다니는 쪽보단 훨씬 유리하다는 소리다.

그런 만큼 말 한 필의 가격은 상상을 초월했다. 전 재산이 주머니에 들어갈 정도로 가난하게 살던 그녀가 제대로 된 전마(戰馬)를 몰아봤을 리가 없겠지.

말갈기를 쓰다듬으며 알리타가 연신 싱글거렸다.

"역시 말은 귀여워서 좋아요. 눈도 예쁘고."

그렇게 두 사람은 적당히 수다를 떨며 계속 말을 몰았다.

어느덧 태양이 숲 너머로 뉘엿뉘엿 저물고 있었다.

사방에 어둠이 깔리기 시작한다. 근처에 마을이 없기에 라텐베르크 사절단은 숲 속의 넓은 공터에 자리를 잡고 야숙을 준비했다.

주위를 둘러보며 제논이 이해할 수 없다는 듯 중얼거렸다.

"일국의 사절단이 움직이는데도 야숙을 하는 건가? 켈테론 공쯤 되면 철저하게 이동 경로를 짰을 거라 생각했는데."

부끄러워하며 디나가 대답했다.

"어쩔 수 없어요. 우리 나라는 다른 나라만큼 무역이 발달하지는 않아서……"

젝센가드 왕국, 그러니까 현 라텐베르크 왕국은 영토의 대부분이 험준한 산지이며 그리 부유하지도 않다. 교역이 발달한 릴스타인 왕국이나 이나시우스 교국처럼 길목마다 숙박이 가능한 역참 마을을 설치할 여력이 없는 것이다.

"거주 지역을 잇는 길로만 이동하는 방법도 있긴 하지만, 그 경우 너무 돌아가게 되니까 시간 낭비가 심하죠."

무역상의 딸인 디나는 어린 나이임에도 저런 지식을 꽤 보유하고 있었다. 그녀가 설명을 이었다.

"원래는 제국 시절부터 사용하던 잘라트 관도(官途)가 있었어요. 그런데 혁명전쟁 때 협곡 쪽 다리가 끊어졌거든요. 그 뒤로 아직 복구를 못 해서……."

산맥을 관통하는 잘라트 관도를 사용하지 못하는 이상, 이렇게 산맥 언저리를 돌아가는 것이 그나마 이나시우스 교국으로 향하는 가장 빠른 길이라는 게 그녀의 설명이었다.

"그 다리만 멀쩡했어도 교국 쪽 무역 규모가 세 배는 커졌을 거라며 아버지가 굉장히 아쉬워하셨죠."

설명을 마치며 디나는 고삐를 모아 쥐었다.

"그럼 전 말들을 묶어두고 올게요."

말을 관리하는 것 역시 종자의 임무 중 하나다. 근처 나무에 말들을 묶어놓고 디나가 마차에서 건초를 꺼내 먹이기 시작했다.

그 광경을 지켜보다 말고 알리타가 힐끔 옆을 보며 의아해했다.

어째 성시한이 굉장히 떨떠름한 표정을 짓고 있었기 때문이다.

"왜 그런 얼굴이에요?"

머리를 긁적이며 시한이 나직하게 대꾸했다.

"그 다리, 내가 부쉈어."

"……."

"나, 나만 부순 건 아니고 젝센가드랑 같이 부순 거긴 한데……."

그는 테라노어 전역에서 무수한 전투를 벌여왔다. 그리고 무신급 소드하이어와 수십 미터 단위의 거대한 이계 마물의 전투쯤 되면, 그건 그냥 자연재해 그 자체다.

"생각해 보면 이것저것 참 많이도 부수고 다녔었네."

당시엔 아무 생각 없었는데 이렇게 나중에 돌이켜 보니 남은 백성들의 고충이 참으로 크다.

'이번엔 혹여 전투를 벌이면 되도록 민폐 덜 끼쳐야겠다.'

과거를 반성하며 시한은 주변을 둘러보았다.

사절단의 병사들이 공터 여기저기에 천막을 설치하고 있었다.

"어쨌건 우리도 야숙 준비나……."

중얼거리다 말고 뭔가 깨달은 듯 시한이 어깨를 으쓱였다.

"…할 필요가 없구나, 참."

시한재림교 토벌 때와는 상황이 다르다.

현재 시한 일행은 사절단 직속 호위 기사, 밑에 잡일 해줄 병사들이 가득하다. 이미 공터 한편에는 그들을 위한 천막부터 우선적으로 세워진 후였다.

"권력이 좋긴 좋구만. 그럼 지금은 뭐 하지? 그냥 이대로 멀뚱히 서 있어야 하나?"

알리타가 물었다.

"디나 좀 봐주면 안 돼요?"

그동안 디나가 제논의 가르침은 종종 받고 있었지만, 성시한이 직접 그녀를 가르친 적은 없었다.

그럴 이유가 있었다.

"글쎄, 도움이 되기나 할지 모르겠다?"

머리를 긁으며 시한이 애매하게 대꾸했다.

"난 정석대로 검술을 익힌 타입이 아니라서 말이야."

＊　　　＊　　　＊

한창 숙영지가 꾸려지고 있는 숲 속 공터의 외곽.

디나는 신중하게 눈앞의 상대를 바라보았다. 오른발을 내디뎌 거리를 조절하며 기합과 함께 검을 내리긋는다.

"하압!"

검광이 번뜩이며 그녀의 칼날이 상대의 오른쪽 어깨를 노렸다. 시한의 손목이 슬쩍 움직였다. 손에 쥔 평범한 나뭇가지가 날아드는 검을 걷어냈다.

"윽!"

신음하며 디나는 휘청거렸다. 휘두른 칼날이 엉뚱한 궤도로 날아간 것이다.

애써 자세를 바로잡으며 그녀는 계속 연타를 퍼부었다.

"하아아압!"

"투지는 좋군."

태연한 얼굴로 시한은 계속 손목만 까닥거렸다.

디나의 공격이 계속 빗나간다. 한쪽은 진검이고 한쪽은 대충 근처 나무에서 꺾은 나뭇가지인데 비참할 정도로 아무것도 할 수가 없다.

물론 그녀는 비참해하지 않았다.

상대는 무신급 소드하이어였던 용병왕 바락의 후계자, 아무것도 못 하는 게 오히려 당연한 것이다.

"허리가 비었다."

디나를 상대하던 시한이 나뭇가지를 교묘하게 놀려 그녀의 허리를 노렸다. 절묘한 타이밍에 들어온 일격이라 도무지 피할 수가 없었다.

"윽!"

한 대 맞고 디나가 주춤주춤 뒤로 물러섰다. 시한의 말이 이어졌다.

"의욕이 너무 앞서는 것도 곤란해, 디나."

"그, 그렇군요."

땀을 흘리며 그녀는 고개를 절레절레 저었다.

'와, 건드리지도 못하겠네…….'

제논이나 알리타, 혹은 예전 마스터였던 하이어 파라멘과 대련할 때도 건드리지 못하긴 마찬가지였다. 그야말로 압도적인 실력 차를 느낄 수 있었다.

　　그런데 성시한과의 대련은 또 느낌이 다르다.

　　뭐랄까, 실력 차조차도 느낄 수 없는 수준이랄까?

　　시한은 디나와 비슷한 수준의 스피드로 공방을 이어가고 있었다. 그리고 그녀가 실수할 때마다 착실하게 톡톡 건드려 준다.

　　제논이나 알리타와 대련할 땐 왜 당했는지도 모르게 당하는 경우가 많았다면, 시한과의 대련은 당할 때마다 확실하게 자신이 왜 당했는지 알 수 있었다. 완벽하게 '가르치기만' 하는 것이다.

　　'이 사람, 진짜 굉장하구나. 숙부님께는 미안하지만 비교도 안 될 정도네.'

　　숨을 고르는 디나를 향해 시한이 느긋한 목소리로 말했다.

　　"전투에 임해서 너무 흥분하는 경향이 있어."

　　무술을 연마하며 그간 터득한 깨달음을 차분히 풀어준다.

　　"검을 다루는 데 있어 육체 못지않게 조율해야 할 것이 바로 정신이다. 분노하되 격노하지 마라. 분노는 네 몸을 덥히고 전투를 이어갈 열기를 주겠지만, 격노는 네 시야를 가리고 정신을 흐릿하게 할 테니까."

옆에서 보고 있던 제논과 알리타가 무심코 고개를 끄덕였다. 그들 역시 알고 있는 무언(武言)이지만, 그만큼 지키기 힘든 것이기도 하다.

디나가 이해했다는 표정을 지었다.

"화는 내도 빡치진 말라는 거군요."

"아? 어, 뭐, 그런가?"

시한은 당황했다. 틀린 말은 아닌데 표현이 어째 영 저런 것이…….

어쨌건 그는 계속 설명을 이었다.

"연습할 때도 실전처럼 정신을 집중해야 한다. 대충 휘두른 검은 전혀 실력 상승에 도움이 안 될뿐더러, 오히려 나쁜 버릇만 들게 하지."

"요령 피우지 말라는 거군요."

"정신을 집중하라는 것이 연습 때도 전력을 다하라는 소린 또 아니야. 무작정 힘만 뺀다고 실력이 느는 건 아니니까. 체력적 여력을 남기면서 집중력을 높이라는 거지."

"요령껏 하라는 거군요."

"…너, 지금 제대로 이해하고 있는 거 맞냐?"

염려와 달리 디나가 제대로 이해하긴 한 것 같았다. 연습을 시켜 보니 곧잘 검을 휘두른다.

시한은 만족스런 표정을 지었다. 아무래도 이 소녀의 문제는 이해력이 아니라 어휘력 쪽인 듯했다.

검을 휘두르다 말고 디나가 문득 물었다.

"이게 용병왕 바락의 검술인가요?"

그녀는 성시한을 바락의 제자로 알고 있는 것이다.

"응? 아, 그게……."

시한은 애매한 표정을 지었다. 그가 바락에게서 배운 건 패왕기. 즉, 투기술이지 검술은 아니었다.

성시한의 검술은 왕년 테라노어를 떠돌아다니며 터득한 잡다한 기술에, 혁명 7영웅 시절 친구들이 가르쳐 준 검술이 섞인 것이었다. 이후 지구로 돌아가 검도 도장을 다니거나 각종 무술 관련 인터넷 동영상을 보거나 하면서 좀 더 갈고닦기도 했다.

'굳이 따지고 보면 시한류… 라고 해야 하려나?'

그는 적당히 대답을 얼버무렸다.

"그런 건 아니고, 원래 검술 기초 단계는 유파를 따지기가 애매해. 다들 비슷비슷하다고."

"아, 그럼 션 님도 정식으로 용병왕의 검술을 배우기 전엔 이렇게 기초를 다진 거군요."

시한의 표정이 살짝 굳었다.

디나야 아무 생각 없이 한 말이겠지만, 사실 시한은 이런 식으로 무술에 입문하지 않았다.

불현듯 과거의 일이 떠오른다.

테라노어에 갓 떨어진 그에게 처음으로 검을 가르쳤던 이.

이제 이름조차 기억나지 않는 그 사내는 삼류조차 못 되는 일개 건달패였다.

*　　　　*　　　　*

곰팡이 냄새가 가득한 허름한 창고. 희미한 등불의 불빛 아래 웃통을 벗은 십 대 중반의 한 소년이 검을 쥐고 서 있었다.

"허억, 허억……."

흑발의 소년이 거친 숨을 몰아쉰다. 땀방울이 깡마른 상체를 타고 흐른다.

호통과 함께 칼날이 날아왔다.

"칼 똑바로 안 들어? 그러다 뒈진다?"

그리 날카롭다고만은 할 수 없는 칼날이었다. 제대로 손질이 되지 않아 녹도 슬고 이도 많이 빠져 있었다.

그럼에도 인간의 피륙쯤은 간단히 벨 수 있는 흉기이기도 했다.

"크윽!"

화들짝 놀라며 소년은 검을 들어 공격을 막았다. 아슬아슬하게 칼날이 도중에 가로막혔다.

다시 호통이 터졌다.

"다리 신경 안 쓰냐!"

오른발이 소년의 허벅지를 강타했다. 바닥을 나뒹굴며 소년은 숨을 껄껄 쉬었다. 소년을 걷어찬 사내가 입술을 비틀며 욕설을 흘렸다.

"엄살 피우지 마라, 새꺄."

삼십 대 초반 정도로 보이는 사내였다. 흔해 빠진 갈색 머리에 갈색 눈, 험상궂은 얼굴 위로 칼자국도 한 줄기 길게 그어져 있었다.

한 손에 검을, 다른 한 손에 술병을 든 채 사내가 투덜거렸다.

"젠장, 두목은 왜 나한테 이딴 걸 떠넘겨서……."

두목은 그에게 이 어린 소년을 던져 주고, 쓸 만하게 만들라고 명령했다. 사내가 지금은 비록 보잘것없는 뒷골목 건달이었지만, 그래도 소싯적엔 제대로 검술을 배웠던 적이 있었던 것이다.

물론 정규 기사나 소드하이어에게서 검을 사사했다는 건아니다. 그냥 제국군에 징집되었을 때 검술대에 소속되어 군용 검술을 배웠을 뿐이다.

하지만 이런 뒷골목에선 그 정도로도 충분히 그럴싸한 경력이었다.

"대접 좀 받을 줄 알았더니, 이런 애새끼 뒤치다꺼리나 하게 될 줄은……."

불만이 가득한 얼굴로 사내는 술을 들이켰다.

붉어진 얼굴이 더욱 붉어진다. 사내는 눈을 치켜떴다. 소년이 아직도 일어나지 않았다.

"어디서 처자냐? 빨리 안 일어나?"

사내가 쓰러진 소년에게 연신 발길질을 했다. 여기저기 얻어맞으며 소년은 연신 신음을 흘렸다.

"큭, 으윽! 큭!"

무자비한 구타가 계속된다. 소년이 데굴데굴 굴러 간신히 몸을 일으켰다.

일단 다시 일어나니 구타가 멈췄다. 상대가 피멍이 들건 말건 전혀 관심 없다는 듯 사내가 심드렁하게 뇌까렸다.

"빨리 자세 잡아라."

검을 쥔 소년의 두 팔이 희미하게 떨렸다.

마음 같아선 어서 검을 들어 올려 자세를 잡고 싶었다. 하지만 철검이 너무 무거웠다.

전신에 힘이 없다. 그저 고통만이 가득하다.

사내가 눈을 부라리며 또다시 욕설을 흘렸다.

"아, 이 새끼, 허약해 빠진 게 말귀도 못 알아듣나."

소년, 성시한은 억울해 눈물을 흘렸다. 입에서 희미한 목소리가 새어 나왔다.

"적어도 밥이라도 좀 주든가……."

그가 오늘 하루 먹은 것이라곤 감자 두 알이 전부였다. 한창 자랄 때의 대한민국 고교생에겐 가혹할 정도로 적은 양이다.

사내가 인상을 썼다.

"뭐래는 거야?"

지금 시한은 한국어로 말한 것이다. 당연히 테라노어인은 알아듣지 못하겠지.

성시한이 주워들은 아스틴어로 더듬더듬 중얼거렸다.

"바, 밥. 배고파서……."

그제야 사내가 뭔가 떠오른 듯 중얼거렸다.

"맞다, 이놈 제국 말 할 줄 모른댔지?"

그렇다고 시한을 동정하거나 하진 않았다. 오히려 더욱 짜증만 낼 뿐이다.

"나 원 참, 말도 안 통하는 놈을 어느 세월에 쓸 만하게 만들라고?"

세상만사 모든 것이 짜증이었다.

삼류 건달로 살고 있는 스스로도 짜증이고, 이 나이에 애새끼 보모 노릇이나 하는 처지도 짜증이고, 말도 제대로 못하는 병신이 귀한 밥만 축내는 꼴을 보는 것도 짜증이다.

문득 사내의 두 눈에 살기가 떠올랐다.

"그냥 칼질 가르치다 실수로 죽였다고 해버릴까? 귀찮은데."

시한이 사색이 되어 뒷걸음질을 쳤다. 사내가 입술을 비틀며 툴툴거렸다.

"거, 죽인다는 소린 또 어떻게 알아들었나 보네."

하지만 정말로 죽일 수는 없다. 마음 같아선 당장 패 죽여서 대충 내다버리고 신경 끄고 싶지만…….

이 소년을 '함께' 받아들인다는 조건으로 그의 조직이 마기언을 영입하게 된 것이니까.

"잘 들어라."

벌레를 보는 듯한 눈빛으로 사내는 시한을 바라보았다.

"우리한테 필요한 건 네 친구뿐이야. 너 따윈 쓸모없다고. 그 예쁜이 마기언이 고집을 피워서 데리고 있어 주는 거다, 이거야."

성시한은 아무 대꾸도 하지 않았다. 못 알아들었으니까.

'마, 말이 너무 빨라…….'

그 멍청한 얼굴을 보니 또 부아가 치밀어 오른다.

"아우, 이 등신 새끼를 어쩜 좋냐……."

막 사내가 시한을 걷어차려던 찰나였다. 갑자기 눈부신 섬광이 사내와 시한 사이로 내리꽂혔다.

화들짝 놀라 사내가 물러섰다.

"으잉!?"

아무래도 섬광은 그냥 눈만 부시게 한 것 같았다. 사내는 뒤를 돌아보았다.

찰랑거리는 검은 단발을 어깨까지 드리운 이십 대 청년이 분노한 눈으로 그를 노려보고 있었다.

"이게 무슨 짓이오?"

선명한 금빛 눈동자를 마주 보며 사내는 피식 웃었다.

"무슨 짓이긴, 그냥 검술 가르치는 거지."

제 딴엔 화난 티를 내고 싶은 모양인데, 그래 봤자 워낙 예쁘장하게 생겼다 보니 계집애가 성깔 부리는 걸로밖에 안 보인다.

"곱게 자란 마기언 씨는 모르는 모양인데, 원래 무인은 이렇게 막 굴려야 제 몫을 하는 법이라고."

눈앞의 마법을 보고도 건달 사내는 그리 두려워하지 않았다.

상대는 고작해야 2층 수준의, 하찮은 견습 마기언에 불과했다. 그의 조직이 이 마기언을 영입한 것은 어디까지나 후방에서 이런저런 용도로 쓰기 위해서이지 전력으로 삼기 위해서가 아니다.

삼류 건달인 자신이라도 주문을 나불대기 전에 먼저 쑤실 자신이 있는 것이다.

'…생각해 보니 짜증 나네? 견습 주제에 어디서 성질이야, 이게?'

사내의 표정이 험악해졌다. 그러자 마기언의 안색이 변했다. 분노가 사라지고 명백하게 겁먹은 표정으로 바뀐다.

"아, 알았소. 그럼 좀 쉬게 해주기라도……."

바로 음성을 낮추며 마기언 청년이 슬금슬금 사내의 눈치를 보았다.

'꼴에 겁은 또 더럽게 많아, 크큭!'

어이가 없어 화도 사그라진다.

"됐수, 어차피 훈련을 끝낼 거니까."

사내가 술병을 든 채 비틀비틀 창고를 나섰다. 이 정도면 두목에게 욕먹지 않을 정도의 검술 연습은 시켜준 셈이었다.

훈련의 대부분이 일방적인 구타와 폭력이었지만, 애초에 진심으로 가르치는 것도 아니었으니까.

'처 맞다 보면 요령이 생기든가, 아니면 그냥 맞아죽든가 하겠지.'

사내가 나가자 창고에 시한과 마기언 청년, 둘만 남게 되었다.

성시한이 털썩 바닥에 주저앉았다. 그리고 청년을 올려다보며 안심한 얼굴로 중얼거렸다.

"릴스타인……"

"미안, 좀 바빠서 늦게 왔어."

릴스타인은 주머니에서 작은 손수건을 꺼내 시한의 몸 여기저기의 피와 먼지를 닦아주었다. 그리고 물었다.

"배 안 고파?"

한숨을 쉬며 시한이 어설픈 아스틴 어로 대꾸했다.

"고파."

미치도록 배가 고팠다. 테라노어에 떨어진 이래 한 번도 배불리 먹어본 적이 없었다.

"역시, 내가 자리 비우면 식사도 잘 안 챙겨주는군."

혀를 차며 릴스타인은 품에서 두꺼운 흑빵 한 덩이를 꺼냈다. 정신없이 시한이 빵을 뜯기 시작했다.

숨이 가쁠 정도로 빵을 씹어 삼키고 나니 그제야 정신이 좀 든다.

문득 자신을 돌아보며 시한은 희미한 실소를 흘렸다.

'…다이어트 하난 끝내주게 하네, 이거.'

원래 한국에선 통통한 편이었던 성시한이다. 하지만 지금의 몸을 보면 이건 뭐, 멸치가 호부호형을 허락할 수준이었다. 전신이 깡말라 뼈와 가죽밖에 남지 않았다.

"덕분에 식스팩 생긴 건 좋지만, 킥킥……"

시한의 자조 어린 혼잣말에 릴스타인이 의아해하며 물었다.

"…그게 왜 좋은 건데?"

한국에서야 식스팩이 무슨 웰빙의 상징처럼 여겨지고 있지만, 테라노어에선 처절한 가난의 징표일 뿐이다. 그까짓 식스팩, 흉년 두어 번만 오면 개나 소나 다 생기니까.

"내가 왔던 세계에선 날씬한 몸이 인기 있거든."

시한의 아스틴 어는 서툴렀지만 그럭저럭 알아들을 순 있었다. 릴스타인이 호기심을 보였다.

"그 한국이란 세계 말이지?"

"응……"

나직하게 대꾸하며 성시한은 다시 빵을 마저 씹었다.

겨우 몸이 편해진 탓일까, 아니면 지구를 언급해서일까?

…아니면 한국에서는 개도 안 먹을 이 딱딱한 빵이 이토록 맛있기 때문일까?

왠지 눈물이 흘러나왔다.

"흑……"

테라노어에 떨어진 지 벌써 석 달째, 버려진 한국인 소년은 아직 살아 있었다.

그렇다. 그냥 살아 있기만 했다.

이 세계의 그 누구도 성시한의 안위 따위엔 관심이 없었다. 그가 맞아 죽든 굶어 죽든 아무도 신경 쓰지 않았다.

그는 너무나 하찮고, 하찮고, 또 하찮은 존재였다.

이 악몽이 시작되었던 그날, 머리 위로 검은 어둠이 열렸던 그때를 떠올리며 시한은 울먹거렸다.

"대체 왜……."

이해할 수가 없었다. 대체 왜 자신에게만 이런 일이 생긴 걸까? 대체 왜 다른 사람에겐 이런 일이 생기지 않은 걸까?

그냥 지구인이라서? 아니면 한국인이라서?

지구의 인구가 70억을 돌파했고 한국도 5천만이 넘었다. 아무리 재수가 없기로서니 70억 분의 1, 5천만 분의 1 확률조차 못 피한 거야?

"…내가 대체 무슨 잘못을 했기에 이런 일이 생기는 거야!"

격앙되어 어깨를 떠는 시한을 보며 릴스타인은 한숨을 쉬었다.

"불행은 잘못을 저질렀기 때문에 찾아오는 게 아니야, 시한."

그리고 눈앞의 어린 소년을 부드럽게 껴안아주었다.

"그냥… 아무 이유 없이 오는 거야."

인생은 원래 불합리하고 삶은 항상 고통을 동반하는 법.

"그래도 살아야 해."

릴스타인은 느린 어조로, 또박또박 단정하게 말을 이었다. 아스틴 어가 서툰 시한도 충분히 알아들을 수 있도록.

"이대로 죽기엔 너무 억울하잖아? 고향으로 돌아가고 싶지?"

"으, 으응."

"그럼 마저 씹고 삼켜. 마지막 한 조각까지 흡수해서 네 육체, 네 정신, 네 힘으로 만들어."

소년의 등을 토닥이며 릴스타인이 각오 서린 미소를 지었다.

"우린 살아남을 거야, 시한."

"응, 릴스타인……."

이 지옥 같은 세상 속에서 유일하게 믿을 수 있는 단 한 사람의 품에 안겨, 이계의 소년은 소리 없이 흐느꼈다.

*　　　*　　　*

갓 테라노어에 떨어진 성시한에게 처음으로 검을 가르쳤던 뒷골목의 건달 사내.

그가 딱히 제대로 된 검술이나 무술을 가르쳐 준 것은 아니다.

그 사내에게 있어 시한은 하찮은 벌레나 다름없었다. 그저 자신의 처지를 분풀이하듯 한계 없는 폭력과 학대를 베풀었을 뿐이다.

그럼에도 불구하고 분명 그는 틀림없이 시한의 첫 번째 스승이었다.

검술이나 무술보다도 더 중요한 것, 바로 '폭력' 그 자체를 가르쳐 주었으니까.

당시를 떠올리며 성시한은 아랫입술을 깨물었다.

'그래, 덕택에 실감할 수 있었지.'

실감할 수 있었다. 문명의 법과 도덕이란 거대한 방패가 사라졌을 때 얼마나 사람이 사람을 쉽게 해칠 수 있는지를.

얼마나 사람이 쉽게 사람을 증오할 수 있는지, 인간이란 생물체가 얼마나 간단히 죽어버리는 존재인지 절실히 통감할 수 있었다.

그 사내는 그에게 테라노어라는 이 생지옥을 어떤 각오로 살아가야 할지 가르쳐 주었다.

그것은 분명 소중한 가르침이었다. 실로 은혜를 입었다고 해도 과언이 아니다.

그래서 착실히 은혜를 갚았다.

술 취한 건달 사내의 목 깊숙이 단도를 꽂음으로써.

한국인 소년, 성시한의 첫 번째 살인이었다.

'…여전히 그 인간, 이름은 기억이 안 나네.'

일그러진 사내의 얼굴, 얼굴을 가득 덮은 핏물의 화끈한 열기, 서서히 빛을 잃어가는 눈동자, 그 모든 것이 생생히 떠오르는데도 이름만큼은 기억나지 않는다.

'기억이 안 나는 것인지, 기억하고 싶지 않은 것인지 모르

겠군.'

허무한 미소를 지으며 시한이 과거를 되새길 때였다.

디나의 목소리가 들렸다.

"…하이어 선?"

"응?"

"저기, 시키신 거 다 했는데요?"

잠깐 딴생각한 사이에 연습 동작을 전부 소화한 것이다.

"어, 잘했어."

대꾸하며 시한은 디나를 바라보았다.

어느새 그녀는 전신이 땀으로 범벅이 되어 있었다. 14살의 어린 소녀가 강철로 된 진검에, 결코 가볍지 않은 사슬 갑옷까지 입고 쉴 새 없이 움직였으니 당연한 결과였다.

그런데도 아직 체력이 남아 있는 걸 보면 겉보기와 달리 꽤나 기초가 튼튼하다. 처음부터 올바른 방법으로, 제대로 기초부터 훈련을 해왔다는 증거다.

'과거의 나와는 전혀 다르구만.'

숙영지 상태를 살펴보며 시한이 말했다.

"일단 여기까지 하자. 야숙 준비도 다 끝났으니까."

준비가 끝난 숙영지는 질서정연했다. 부대별로 모닥불이 절도 있게 피워져 있고 외부 경계를 서는 이들도 군기가 투철하다.

시한재림교 토벌대를 떠올리며 제논이 만족스러워했다.

"그래, 이게 제대로 된 군대지."

알리타도 농담조로 대꾸했다.

"설마 여기서도 비 내리고 마수가 나타나진 않겠죠?"

그 정도로 재수 없는 우연이 겹치진 않았다.

날씨는 맑았고 석양은 아름다웠다. 마수는 고사하고 들짐승 하나 보이지 않았다.

푸른 가지 사이로 산들바람이 솔솔 불고, 커다란 무쇠솥에서 취사병이 마련한 비프 스튜가 보글보글 끓어 고소한 냄새를 사방에 퍼뜨린다.

모든 면에서 그때와는 비교할 수 없을 정도로 완벽한 야영이었다.

…식사만 빼고.

스튜를 한술 뜬 시한이 애매한 표정을 지었다.

"으음."

알리타 역시 비슷한 얼굴이었다.

"이거……."

맛이 나쁘진 않다. 적당히 간도 맞고 재료 상태도 좋다.

실제로 디나는 한입 먹어보더니 방긋 웃을 정도였다.

"맛있다! 오늘은 취사병이 힘 좀 썼나 보네요?"

감탄하는 디나를 향해 시한과 알리타가 무심코 측은한 시선을 보냈다. 생각해 보니 디나는 아직 제논의 스튜를 맛본 적이 없었다.

'저런, 이딴 걸 맛있다고 하다니……'

'그래도 명색이 왕국 제2의 부호 딸인데……'

"왜, 왜들 그런 눈이에요?"

당황한 디나를 뒤로한 채 두 사람은 다시 그릇에 담긴 국물을 바라보았다.

"원래 이 정도면 상당히 괜찮은 편이긴 하죠?"

"쩝, 그동안 너무 호사에 익숙해졌나?"

시한은 머리를 벅벅 긁었다.

하긴, 이게 평범한 수준의 테라노어 여행식이긴 했다. 그동안 먹었던 제논의 요리가 비정상이었지.

시한과 알리타가 투덜거렸다.

"제논이 나빠."

"제논이 나쁘네요."

정작 제논은 별 불만 없이 수저를 놀리고 있었다.

"그렇다고 취사병을 무시하고 우리만 따로 솥을 걸 수도 없는 노릇 아닙니까?"

그는 타인의 수고를 존중할 줄 아는 성품이었다. 생판 모르는 남의 병원에 쳐들어가서 '이 수술은 내가 집도한다!' 라고 외치는 모 만화의 의사 같은 막무가내는 아닌 것이다.

"뭐, 그건 그렇지."

납득하며 시한은 다시 스튜를 퍼먹기 시작했다. 알리타도 불만을 접고 열심히 배를 채웠다.

사정 모르는 디나만 연신 눈을 깜빡거릴 뿐이었다.

"…왜 제논 님이 나쁜 건데요?"

밤이 깊어갔다. 대부분의 사절단 일원이 깊은 잠에 빠져들었다. 초병들만이 모닥불의 빛에 의지해 사방을 경계하고 있었다.

하지만 시한 일행은 잠들지 않았다. 아니, 정확히 말하면 디나를 제외한 시한과 알리타, 제논만 잠들지 않았다고 해야겠다.

그들은 야영지에서 한참 떨어진 인적 없는 숲 속에서 심야 수련에 매진하고 있었다.

"어때, 알리타? 마법 제어는 좀 늘었어?"

커다란 나무 아래서 명상에 잠겨 있던 알리타가 애매하게 대꾸했다.

"좀 늘긴 한 것 같은데……."

시한이 그녀의 등에 손을 대고 상태를 파악했다.

확실히 제어력이 늘긴 늘었다. 문제는…….

"마력도 더 늘었네?"

제어력이 늘어나는 속도보다 마력이 늘어나는 속도가 더 빠르다. 그렇다 보니 알리타는 여전히 하루 벌어 하루 쏘는 일용직 마기언 신세를 벗어나지 못하고 있었다.

그나마 좋은 점은 한 방의 파괴력이 더 높아졌다는 것 정도?

"마법은 이쯤 하고 투기술로 전환해야지."

중얼거리며 알리타가 명상을 마쳤다.

조금 떨어진 곳에서는 제논이 양수검을 든 채 정신을 집중하고 있었다.

"허업!"

거구의 제논 주위로 거친 폭풍이 일어난다. 파산기의 투기, 하지만 보편적인 파산기와는 조금 다르다.

지금 그가 운용하는 투기술은 성시한이 직접 전수해 준 개조형 파산기였다. 파산기를 기반으로 제논의 실력에 맞춰 폭렬기의 용법을 끼워 넣은 것이다.

"열심히 해봐, 제논. 그 개조형 파산기에 익숙해지면 나중엔 오리지널 폭렬기도 익힐 수 있을 테니까."

"넵!"

애초에 파산기는 성시한이 창시자였다. 폭렬기를 하향 개조한 투기술이니 도로 폭렬기의 용법을 끼우는 건 별로 어렵지 않다.

"문제는 설명이 안 된다는 거지만……."

혀를 차며 시한은 고개를 돌렸다.

반대편에 알리타가 정신을 집중해 투기를 운용하는 모습이 보였다. 깊은 밤이지만 마법의 등불을 허공에 띄워놓아 시야는 충분히 확보된 상태였다.

그녀 역시 성시한에게 새로운 투기술을 전수했다. 씨프 퀸 레비나의 고유 투기술, 잠형기였다.

투기의 흐름을 운용하다 말고 알리타가 투덜거렸다.

"아, 어렵네요, 잠형기……."

달래듯 성시한이 대꾸했다.

"아무래도 천변기랑은 난이도가 다르니까."

아무리 효용도가 높다 해도 천변기는 일종의 잡기에 가깝다. 반면 잠형기는 테라노어의 어둠 속에서 대대로 이어지던 유서 깊은 고위 투기술. 그만큼 난이도도 보통이 아니다.

"게다가 시한의 설명도 영 이해하기 힘들고요."

"미안하다, 쩝."

시한은 멋쩍은 듯 머리를 긁었다.

그는 분명 잠형기의 운용법을 알리타에게 설명해 주었다. 단, 그 설명이 무슨 의미인지는 본인도 모른다.

누군가의 설명을 듣고 잠형기를 익힌 게 아니라 그냥 투기의 흐름을 그대로 따라한 것이니까. 지구인인 그만이 가능한 습득 방식이다.

"사실 지금 나는 참고서를 그냥 읊어대는 것이나 마찬가지거든."

제논이 익히고 있는 개조형 파산기 역시 상황이 비슷했다.

개조는 그리 어렵지 않다. 그냥 투기의 흐름을 이리저리 효과가 나올 때까지 주무르면 된다.

하지만 그 운용법을 말로 설명하는 건 불가능하다.

시한 입장에서, 투기를 어떤 식으로 운용했냐고 물으면 이렇게 대답할 수밖에 없는 것이다.

'여기서 투기를 이렇게 보내서 이리로 기운을 당겼다가 저리로 돌렸는데?'

비유하자면, 눈이 보이는 사람이 그림 그리는 법을 장님에게 설명하는 셈이다. 빨강과 파랑의 차이를 뭔 수로 장님에게 설명할까?

하지만 똑같이 눈이 안 보인다면 경험을 바탕으로, 예를 들어 물감의 질감이나 농도 차이 등을 통해 어떻게 칠해야 할지 알려줄 수 있겠지.

"파산기도 내가 만들긴 했지만, 운용법에 설명을 붙인 건 에세드라는 부하 소드하이어였어."

제논이나 알리타가 모르는 게 있어 물어봐도 시한은 대답을 해줄 수가 없다. 스승에게 직접 배울 때의 가장 큰 이점인

맞춤형 교육이 불가능한 것이다.

그래서 그는 아주 단순무식한 방법으로 모자란 부분을 때우고 있었다.

"시한, 여기서 어떻게 해야 돼요?"

"잘 봐, 알리타."

"저도 좀 부탁드립니다. 투기의 흐름이 영 애매하네요."

"알았어, 제논. 자, 이렇게……."

그냥 알리타나 제논이 진도가 막힐 때마다 꼬박꼬박 시연해 주는 방식이었다. 열심히 시연하며 시한은 애써 스스로를 위로했다.

'그래도 내가 참고서보단 낫지? 동작도 같이 보여줄 수 있으니까.'

참고서라기보단 동영상에 더 가까울지도 모르겠다.

땀까지 흘러가며 열심히 투기를 운용하다 말고 시한이 한숨을 내쉬었다.

"어휴, 훈련은 애들이 하는데 왜 내가 더 힘드냐?"

* * *

인적 없는 숲 속에서 시한 일행은 계속 수련에 매진했다. 디나까지 떼어놓으며 이렇게 굳이 사람 눈을 피한 이유가 있었다.

지금 알리타나 제논이 배우는 것은 과거 혁명 7영웅의 고유 투기술인 것이다.

"다른 건 몰라도 잠형기나 폭렬기를 용병왕 바락의 후계자가 가르친다면 아무래도 의심을 살 거 아냐?"

그렇다고 몰래 야영지를 이탈했다는 소리는 아니다.

경계병에게 미리 이야기는 해놓았다. 어차피 무술계에서 유파 기술 숨기는 것은 보편적인 일이라 아무도 이상하게 여기지 않았다.

알리타가 질문했다.

"그럼 이 잠형기, 누구한테서 배웠다고 해요?"

제논도 비슷한 표정으로 시한을 바라보았다. 개조형 파산기는 폭렬기 용법이 상당히 들어가 있는지라, 누가 보면 폭렬기로 의심하기에 충분하다.

성시한은 명쾌하게 대꾸했다.

"잠형기나 폭렬기에 대해 누가 물어보면 그냥 지나가던 노인을 팔아라! 그럼 어지간해서는 먹혀!"

"그, 그래도 되는 거예요?"

"왜냐면 젝센가드의 폭렬기도 지나가던 노인에게 전수한 거거든."

제논이 황당해하며 물었다.

"대체 그 지나가던 노인이 누구였습니까?"

"나야 모르지. 젝센가드 본인도 모른다는데."

어깨를 으쓱거리며 시한이 말을 이었다.

"당시엔 의외로 흔한 일이었어."

광제 루스타나드가 통치하던 시절, 한때 이름을 날리던 소드하이어가 제국의 탄압을 피해 세상을 떠돌아다니는 경우는 얼마든지 있었다.

혼탁한 세상에 절망해 정체를 숨기고 살던 이들이 쓸 만한 젊은이들을 보고 자신의 기술을 전수해 미래를 맡기는 것 역시 충분히 자연스러운 일이었다.

"뭐, 레비나의 잠형기는 지나가던 노인이 아니라 몸담고 있던 도적단 두목에게서 배운 거긴 하지만."

당시 도적단 두목은 고작해야 종자급 소드하이어 수준이었다. 잠형기의 용법 역시 대부분 소실된 상태라 실제로는 레비나가 거의 재창조했다고 봐도 좋았다.

"그래도 지나가던 노인이 왕년에 날리던 도적이었을 수도 있잖아? 괜찮아, 워낙 흔한 일이었으니까 의심하는 사람 없을 거야."

비록 시한의 단언이 그간 적중률이 낮긴 했지만 이번만큼은 꽤나 그럴듯하게 들리는 핑계였다. 그래서 알리타와 제논도 안심하고 다시 수련을 시작했다.

달의 위치가 능선 반대편까지 움직일 때가 되어서야 수행은 끝났다. 세 사람 다 땀범벅이 되어 검을 거뒀다.

문득 시한이 배를 매만지며 중얼거렸다.

"아, 배고프다."

기다렸다는 듯이 제논이 물었다.

"따로 야식이라도 좀 만들까요?"

비록 티는 내지 않았지만, 그 역시 아까의 저녁 식사가 불만스럽긴 마찬가지였다.

"야식이라?"

한국에서 먹던 치킨이니 보쌈이니 하는 것이 자연스레 떠오른다. 무심코 시한이 입맛을 다셨다.

"신선한 고기가 땡기긴 하네."

제논의 요리 솜씨가 아무리 엄청나더라도 현재 사절단이 지닌 식재료는 훈제 고기나 염장육뿐이다. 냉장고가 있는 것도 아니니 육질이 살아 있는 싱싱한 고기의 맛을 보긴 힘들겠지.

아쉬워하는 시한을 향해 제논이 진지하게 고개를 끄덕였다.

"알겠습니다."

그리고 갑자기 몸을 돌리더니, 절도 있는 자세로 어두운 숲속을 향해 저벅저벅 걸어가기 시작했다.

황당해하며 시한과 알리타가 중얼거렸다.

"제논, 쟤 어디가?"

"대체 뭘 알겠다는 걸까요?"

그리고 십 분이 지났다. 제논이 숲의 어둠 속에서 다시 모습을 드러냈다.

"신선한 고기입니다."

양손에 갓 잡은 토끼 두 마리를 쥔 채.

"에에엑!?"

"자, 잠깐? 너 지금 뭘 어떻게 한 거야?"

알리타도 성시한도 경악해 눈을 크게 떴다. 제논이 왜 그리 놀라느냐는 얼굴로 반문했다.

"네? 토끼 잡아왔습니다만?"

"말이 돼? 사냥이란 게 그렇게 쉬울 리가 없잖아!"

기가 막혀 시한은 제논의 얼굴과 손에 들린 토끼들을 번갈아 바라보았다.

그 역시 사냥 경험이 없는 것이 아니다. 왕년 숲 속에서 숨어 살 때 사냥으로 모자란 식량을 메우기도 했었다.

"사냥감이 보이면 잡는 거야 나도 잘한다만, 애초에 사냥은 잡는 게 문제가 아니라 찾는 게 문제인데?"

기감으로 위치를 파악하는 것도 상대의 기운이 강해야 뭐가 되도 된다. 차라리 마수를 사냥하라면 쉽겠지만 초식동물은 어림도 없다.

"이 근처에 무슨 토끼 농장 있냐? 어떻게 10분 만에 토끼가 떡하니 잡혀?"

"운이 좋았습니다. 제가 원래 사냥 운이 좀 있는 편이라서……."

"아니, 이건 운으로 해결될 문제가 절대 아니거든?"

진지하게 시한이 제논을 올려다보며 물었다.

"대체 토끼는 어떻게 찾은 거야?"

혹시 무슨 사냥감 추적술이라도 따로 배웠나 싶어 던진 질문이었는데, 제논이 애매한 표정을 지었다.

"…글쎄요? 그냥 운이라고밖엔……."

어째 본인도 딱히 설명을 할 수 없는 듯했다.

"대충 고픈 배가 인도하는 대로 걷다 보니 토끼가 보였습니다만… 이게 그렇게 특이한 일입니까?"

불가해의 눈으로 시한은 제논을 빤히 바라보았다. 제논은 별것 아니라는 것처럼 여기고 있는데, 그가 볼 땐 이건 절대 평범한 능력이 아니었다.

시한이 진지한 얼굴로 손짓했다.

"다시 해 봐."

"뭘 말입니까?"

"고픈 배가 인도하는 그 어쩌구, 그 느낌으로 다시 사냥해 보라고."

고개를 갸웃거리면서도 제논은 도로 숲으로 걸어갔다.

멍하니 뇌까리며 걸음을 옮긴다.

"고기, 고기, 신선한 고기……."

뒤따르며 제논을 유심히 살피던 시한이 경악해 입을 쩍 벌렸다.

'켁? 뭐야, 저거?'

우람한 제논의 등을 중심으로 희미한 기운이 퍼져 나오고 있었다.

성시한조차도 최대한 정신을 집중하지 않으면 미처 못 알아챌 정도로 옅은 기운이었다.

'이건 대체?'

의아해하며 그는 더더욱 정신을 집중했다. 그러자 조금씩 제논의 기운, 그 투기의 형태가 파악되기 시작했다.

그것은 마치 거대한 실타래로부터 무수한 실들이 사방으로 뻗어나가는 듯한 모습이었다.

투기로 이루어진 실 하나하나가 거미줄보다도 가늘다. 그 가느다란 투기의 실이 마치 바람이 떠다니는 것처럼 흐느적거리며 숲 여기저기로 늘어난다.

수백, 수천에 달하는 투기의 실이 연신 뻗어나가 제논의 사방 수백 미터를 잠식하고 있었다.

'마치 길거리에서 솜사탕 만드는 광경을 역순으로 돌리는

것 같네.'

제논이 계속 걸음을 옮겼다.

"고기, 고기, 신선한 고기……."

맹한 혼잣말과 함께 무수한 투기의 실이 숲의 나무들, 울창한 수목(樹木)의 기운 사이로 계속 뻗어갔다.

문득 투기의 실에 뭔가가 걸렸다.

다람쥐였다.

투기의 실이 다람쥐에 닿는 순간 자연스레 소멸해 버린다. 너무 기운이 희미해 저런 작은 동물의 생명기조차도 감당하지 못하는 것이다.

제논이 자연스럽게 몸을 돌려 다람쥐가 있던 나무 쪽으로 걸음을 옮겼다. 그리고 잠시 후 나무 위를 올려다보며 말했다.

"아, 저기 다람쥐가 한 마리 있네요."

그제야 시한은 제논이 무슨 짓을 하고 있는 건지 깨달았다.

'우와, 투기를 저런 식으로 쓸 수도 있나?'

소드하이어의 기감은 투기의 파동을 일종의 소나처럼 사방으로 퍼뜨려 그 영역 내의 다른 기운이나 기척을 감지하는 방식이다. 그래서 기척을 감추는 데 익숙한 들짐승이나 암살자, 도적 등은 의외로 파악하기가 힘들다.

반면 제논은 극히 희미한 투기의 실을 퍼뜨린 뒤, 그 투기의 소멸을 통해 상대의 위치를 파악하고 있었다. 기척 감지와는 반대로 숨어 있는 생명체를 색출하는 데 실로 탁월한 수법인 것이다.

'저건 나도 연습 좀 해봐야겠다.'

솔직히 감탄스럽다. 왕년의 혁명 7영웅이나 루스클란 육호장에게도 저런 식의 투기술은 없었다.

나무 위 다람쥐를 올려다보며 제논이 혀를 찼다.

"저건 사냥하기엔 너무 작군요."

말하는 걸 보니 어째, 이제야 다람쥐의 존재를 눈치챘다는 투였다. 분명 투기의 실로 아까 감지했을 텐데도.

다시 제논이 사냥감을 찾아 숲으로 들어가려 했다. 시한이 그를 붙잡았다.

"어이, 제논."

"네?"

"지금 그 투기 운용 어디서 배운 거야?"

"투기라뇨?"

당황하며 제논이 눈을 동그랗게 떴다. 동시에 그 무수한 투기의 실도 신기루처럼 그대로 사라져 버렸다. 워낙 실려 있던 기운이 미약하다 보니 사라지는 것도 순식간이었다.

이해하지 못하겠다는 얼굴로 제논이 한 번 더 물었다.

"무슨 투기요? 제가 뭔 짓 했습니까?"

"그렇군. 본인은 모른다, 이건가?"

알겠다는 표정으로 성시한은 고개를 끄덕였다.

지금 제논이 보인 투기 운용은 시한조차도 쉽게 따라할 수 있는 수준이 아니었다. 저걸 의식적으로, 스스로의 의지로 제어할 수 있다면 족히 초인급 소드하이어의 경지다.

'누군가에게서 배운 게 아니었군.'

아마도 무의식중에 저런 식으로 투기를 운용하는 것 같았다.

굉장히 희귀한 경우라 그렇지, 실제로 사례도 있다. 본인의 재능이 너무도 출중해 자연스럽게 본능적인 투기 운용이 흘러나오는 것이다.

'하지만 저게 가능할 정도로 출중한 재능이라면 족히 혁명 7영웅급인데?'

성시한은 제논을 올려다보았다.

'이 녀석……'

제논은 연신 소처럼 눈만 껌벅이고 있었다. 도대체 시한이 왜 이러는지 모르겠다는 표정이었다.

'재능이 뛰어나서 22살에 벌써 기사급이었던 게 아니라……'

방금 본 제논의 투기 운용은 컨트롤 면에서 충분히 달인급 이상이었다. 단지 그게 한 방면에만 특화되어 있을 뿐이다.

'천재인데도 불구하고 제대로 못 배워서 아직도 기사급밖에 안 된 거였어?'

＊　　　＊　　　＊

의문이 가득했지만, 제논은 질문을 뒤로 미뤘다. 그에겐 보다 먼저 할 일이 있었다.

그래서 잡아온 토끼의 목을 따고 나무에 걸어 피부터 뺐다.

"의문이야 나중에 풀어도 되지만 피 빼기는 타이밍 놓치면 돌이킬 수 없으니까요."

시한과 알리타가 고개를 절레절레 저었다.

"뼛속까지 요리사구만."

"기사인 주제에 말이죠."

후처리를 끝내고서야 제논이 진지한 얼굴로 물었다.

"대체 왜 그런 질문을 하신 겁니까, 시한?"

심각한 얼굴로 시한은 제논의 거구를 위아래로 훑어보았다. 그러더니 뜬금없이 요구했다.

"제논, 여기 청소 좀 해봐."

"청소라뇨?"

그냥 숲 속인데 뭘 청소를 하라고? 당황한 제논에게 시한이 좀 더 자세히 설명했다.

"예전 집 청소할 때처럼 해보라고. 그 왜, 투기 폭풍으로 먼지 터는 거."

"아, 네."

의아해하면서도 제논은 정신을 집중했다. 그가 서 있는 장소가 예전의 그 '지상에 강림한 끔찍한 불결 지옥'이라 상상하며 투기 폭풍을 터뜨린다.

"타아앗!"

돌풍이 제논을 중심으로 사방으로 퍼졌다.

정신을 집중하며 시한은 제논의 투기 흐름을 유심히 살폈다. 그리고 고개를 끄덕였다.

"과연."

그러더니 이번엔 주머니를 뒤져 소금 덩이를 꺼내 잘게 부숴 제논에게 건넨다.

"이거 소금 알갱이 몇 개야?"

일말의 고민조차 없이 제논이 바로 대꾸했다.

"136개요."

알리타가 황당한 눈으로 제논을 바라보았다. 성시한이 고개를 끄덕이며 한 번 더 소금을 건넸다.

"그럼 이건?"

"148… 아, 방금 알갱이 하나 갈라졌다. 149개로군요."

역시나, 이번에도 순식간에 대답이 나왔다. 시한과 알리타는 말문을 잃은 채 제논을 멍하니 바라보았다.

고개를 갸웃거리며 제논이 물었다.

"왜 그런 눈으로 보시는 겁니까? 어지간한 소드하이어라면 다들 할 수 있는 건데요."

두 사람이 기겁해 외쳤다.

"절대 못하거든요?"

"야, 나도 그런 짓은 못해! 론다르크 장군이나 바락 영감도 무리였을걸?"

손에 쥔 소금을 내려다보며 제논이 어이없어 했다.

"이거, 어려운 거였습니까?"

"당연하죠!"

"당연하지!"

평생 소금 간만 맞춰온 달인이라면 모를까, 아무리 소드하이어라도 저렇게까지 바로 대답이 나오진 않는다. 저건 정말 엄청나게 세밀하고 정교한 감각의 소유자란 증거다.

"그래, 레비나는 가능했었구나."

중얼거리며 시한은 한숨을 푹 쉬었다.

이걸로 확인이 됐다.

'정말 엄청난 재능을, 정말 쓸데없이 낭비하고 있었잖아,

이놈!'

*   *   *

제논이 물었다.

"…제가 잘못 배웠다고요?"

"응."

시한이 고개를 끄덕였다. 그리고 되물었다.

"왜 파산기를 익혔지?"

"스승님이 파산기를 가르쳐 주셨으니까요."

우문현답이었다. 스승이 익힌 게 파산기뿐이니 당연히 제자도 파산기밖에 못 익혔겠지.

시한이 질문을 바꿨다.

"그래도 릴스타인 왕국의 기사가 된 뒤론 다른 투기술을 익힐 기회도 있었을 텐데?"

제논이 자랑스러운 듯 답했다.

"파산기는 이계구원자께서 창안하신 투기술이잖습니까? 그래서 다른 투기술은 관심 없었습니다."

릴스타인 왕국 기사 시절, 다른 선배 기사들도 제논에게 딱히 다른 투기술을 익혀보라고 권유하지 않았다. 누가 봐도 거력을 끌어내는 파산기는 근육질에 거구인 그에게 딱 맞는 투기술이었으니까.

"하긴……."

성시한은 머리를 긁적였다.

선배 기사들을 탓할 자격이 없다. 그 역시 같은 이유로 폭렬기를 가르치려 했었으니까.

"제논."

진지한 목소리로 시한이 입을 열었다.

"너한테는 파산기가 안 맞아. 물론 폭렬기도."

파산기와 폭렬기는 기본적으로 젝센가드처럼 단순무식하고 저돌적인 투사들에게 어울리는 투기술이다. 그리고 제논은 드넓은 어깨와 광활한 가슴, 두꺼운 근육으로 똘똘 뭉친 신장 2미터짜리 거한이다.

그래서 사람들은 제논을 보고 생각한다.

와, 단순무식한 멧돼지 같은 전사다. 굉장히 야만스러운 성격이겠군!

하지만 요리나 청소 등을 하는 걸 보면 사실 제논은 세심하고 예민한 성품인 것이다.

'오죽하면 결벽증도 있잖아, 이 녀석?'

시한이 혀를 내두르며 말했다.

"나도 속았지."

이래저래 징후는 있었다.

일명 '청소용 투기 폭풍'을 사용할 때의 일이다.

그땐 그냥 용케도 가구가 안 다치게 제어한다고 생각하고 넘어갔는데 지금 확인해 보니 무수한 투기의 실이 폭풍 전체를 제어하며 세밀하게 흐름을 컨트롤하고 있다.

가구를 투기검으로 포 뜰 때도 그냥 어이없어서 웃었지만, 생각해 보면 엄청나게 정교한 검술이었다. 적어도 기사급 소드하이어에게 가능한 수준은 절대 아니다.

인간이 워낙 근육질 거구라 파워로 밀어붙이는 타입처럼 보이지만 사실 제논은 순수한 테크니컬 타입이다. 본인의 타고난 재능은 철저히 그쪽인 것이다.

단지, 여태껏 저 무시무시한 재능을 요리, 빨래, 청소, 야채 키우기에만 투자하고 있었을 뿐이지…….

"네게 맞는 투기술은 파산기가 아니었어, 제논."

숨을 한 번 쉰 뒤 시한은 진지하게 말했다.

"네가 익혀야 할 건 패왕기다."

제논의 눈빛이 번뜩였다. 믿을 수 없다는 얼굴로 그가 되물었다.

"패왕기라뇨? 설마 이계구원자의 4대 고유 투기술 말입니까? 그걸 감히 제가?"

성시한의 고유 투기술을 익힐 수 있다니! 감격으로 제논이 당장 눈물이라도 쏟을 듯한 표정이 되었다.

부담스러워하며 시한이 말을 이었다.

"저기, 사실은 그거 바락 영감 기술이거든?"

뭐, 누가 원조인지 따윈 별로 중요한 사항이 아니다. 숭배하던 영웅의 고유 투기술을 전수할 수 있다는 것만으로도 제논은 이미 반쯤 정신이 나간 듯했다.

"여, 영광입니다만, 제가 과연 패왕기를 익힐 수 있을까요?"

시한은 고개를 끄덕였다.

"너 정도의 감각이라면."

패왕기는 투기의 흐름이 너무 복잡하고 정교해 어지간한 재능으로는 입문조차 불가능했다. 예나 지금이나 바락의 패왕기를 제대로 익힌 이는 투기의 흐름을 그냥 볼 수 있는 지구인, 성시한 한 명뿐이었다.

비유하자면, 장님이면서도 눈 뜬 사람의 시각만큼이나 세밀한 감각을 지니고 있어야 가능하다는 의미다.

그런데 제논은 한 줌의 소금 알갱이조차도 바로 파악할 정도로 예민한 감각의 소유자.

'물론 지금은 오직 요리할 때만 저 감각이 발동되는 것 같지만…….'

저 감각이 전투 시에도 발동한다면 충분히 가능성이 있다.

"하하, 패왕기라니……."

멍한 얼굴로 기뻐하는 제논을 보며 시한은 뺨을 긁었다.

"거참, 바락 영감이 봤다면 드디어 후계자를 찾았다고 눈물 흘리며 좋아했을 텐데."

*　　　　*　　　　*

이계구원자의 고유 투기술을 전수하는 영광을 앞에 두고 제논은 크게 기뻐했다.

그리고 토끼부터 구웠다.

"…지금이 가장 먹기 좋을 때라서요."

"그, 그래, 먹고 하자."

토끼구이로 냠냠 맛있게 야식을 즐긴 뒤 제논은 패왕기에 입문했다. 알리타도 다시 잠형기 수행에 박차를 가했다.

그렇게 정신없이 수행하다 보니 어느새 새벽이 되었다. 시간 가는 줄도 모를 정도로 다들 열중하고 있었던 것이다.

해가 뜨고, 숙영지를 철거한 뒤 사절단이 다시 길을 떠났다. 그제야 시한은 간밤의 부작용을 실감했다.

"자, 잠이 모자라……"

그냥 밤샌 것도 아니고 날고뛰고 투기까지 퍼뜨리며 녹초가 될 때까지 수련했으니 피곤하지 않을 리가 있나?

옆을 보니 제논도 알리타도 말을 탄 채 꼬박꼬박 졸고 있다. 저러다 말에서 떨어지지 않을까 걱정이다.

"할 수 없지, 졸음운전은 곤란하잖아?"

그래서 특단의 조치를 취했다.

"더럽고 치사한 권력의 힘을 쓰겠다!"

잠시 후, 시한과 알리타, 제논은 사절단 마차 하나를 빌려 느긋하게 모자란 잠을 청했다. 밤새 푹 잔 디나만 말을 타고 가며 마차를 힐끔거릴 뿐이었다.

'…간밤에 뭘 했기에 다들 사이좋게 뻗은 거야?'

마차를 힐끔거리는 사람이 한 명 더 있긴 했다. 애꿎은 마차를 빼앗긴 사절단의 사신이었다.

'대체 저들은 누군데 그란셀 남작께서 저리 편의를 봐주는 거지?'

사절단의 총책임자가 설설 기며 당장 마차를 내드리라고 호통을 치는데, 제일 급수 낮은 사신이 반발 따월 할 수 있을 리가 없는 것이다.

"에휴, 이래서 사람은 출세해야 하는 거군."

마차를 빼앗긴 사신의 한숨을 뒤로한 채 라텐베르크 사절단은 계속 움직였다.

그들의 목적지, 이나시우스 교국을 향해서.

*　　　　*　　　　*

라텐베르크 사절단이 라텐셀을 떠난 지 보름째.

마침내 그들은 별일 없이 이나시우스 교국 수도, 리자테리움에 도착했다. 그리고 예정대로 도시 중앙에 우뚝 솟은 흑색탑, 밤의 눈동자를 찾았다.

"어서 오십시오, 오랜 우방이자 영원의 친우들이여."

거대한 알현의 전당에 도열한 사절단을 향해 검은 법복 차림의 노인이 인자한 목소리로 환영 인사를 건넸다.

사절단의 총책임자인 그란셀 남작이 우아하게 목례하며 답했다.

"성대한 환영에 감사드리는 바입니다."

사절단 사이에 서서 시한은 전당 안쪽을 힐끔거렸다. 그들을 맞이하기 위해 교국의 신하들이 정복 차림으로 좌우로 서 있었다.

꽤나 특이한 복색이었다. 십여 년 전 성시한이 흔히 보았던 루스클란 귀족풍 예복이 아니었다.

'꼭 중국옷 같네?'

그렇다고 아주 비슷한 건 아니고, 굳이 따지자면 장포와 코트가 퓨전된 느낌의 의복이었다. 아마도 이나시우스 교국 특유의 문화에서 비롯된 듯했다.

하여튼, 그는 신하들의 면면을 살폈다.

'익숙한 얼굴도 제법 있군.'

왕년 혁명군 시절 안면을 익혔던 이들의 모습이 군데군데 보였다. 그래도 이미 천변기로 외모를 바꾼 상태라, 대놓고 고유의 투기술을 선보이지만 않으면 들킬 염려는 없다.

잠시 기다리자 시종 한 명이 정중한 목소리로 외쳤다.

"이나시우스 성하께서 드십니다!"

곧바로 한 여인이 전당에 모습을 드러냈다.

긴 검은 머리를 좌우로 복잡하게 땋고 일부를 등 뒤로 길게 늘어뜨린 아름다운 미녀, 전신에 걸친 갈렌 민족의 전통 드레스가 사락거리며 아름다운 소리를 흘린다.

사뿐사뿐 걸음을 옮겨 여인이 옥좌에 앉았다.

그녀가 단아한 목소리로 말했다.

"어서 오라, 여신의 아이들이여. 이 나라는 그대들을 환영하는 바이다."

그 아름다움에 살짝 넋이 나간 걸까? 잠깐 멍해 있던 그란셀 남작이 뒤늦게 얼굴을 붉히며 답례했다.

"위, 위대한 혁명 영웅, 이나시우스 성하를 뵈옵니다."

외교 석상에서 있을 수 없는 실례를 저지른 셈이다. 하지만 아무도 남작을 탓하진 않았다.

어차피 교국 측 신하들에겐 익숙한 반응이었다.

'우리 성하께서 워낙 우아하고 아름다우시니……'

'당연한 반응이지, 훗.'

'아무렴, 씨프 퀸 따위랑은 비교가 안 되시지.'

카렌 이나시우스와 은형의 레비나는 둘 다 대륙 최고의 미녀로 그 명성이 자자하다. 각국의 국민들은 이렇게 은연중 경쟁심도 좀 가지고 있었다.

제논과 알리타도 신기해하는 눈으로 카렌을 바라보았다.

'저 사람이 혁명 7영웅 중 한 명……'

'시한의 동료였다는 카렌 이나시우스인가?'

알리타가 속으로 혀를 내둘렀다.

'와, 서른 넘었다고 들었는데 진짜 젊어 보인다. 제논이랑 동갑이라고 해도 믿겠어.'

물론 제논의 액면가가 아니라, 실제 나이와 동갑처럼 보인다는 소리다.

그렇게 잠시 카렌을 바라보다 알리타는 문득 생각했다.

'그러고 보니 시한은?'

그녀에겐 카렌이 그저 전설 속의 영웅일 뿐이지만 시한은 다르다.

한때 혈육보다 가까운 사이였지만, 이제는 서로 원수가 되어버린 배신자.

과연 그는 카렌을 보고 어떤 얼굴을 하고 있을까?

힐끔 옆을 본 뒤 알리타는 당황했다.

'어머?'

시한의 얼굴엔 분노도, 증오도, 그리움도 보이지 않았다. 그저 깊은 의문만이 검은 눈동자 위로 스쳐 가고 있을 뿐.

눈앞의 미녀를 빤히 바라보며 성시한이 멍하니 중얼거렸다.

"…저 여자는 대체 누구지?"

Chapter 3

달의 무도회

알현을 마친 라텐베르크 사절단은 숙소로 향했다. 공식 일
정은 내일부터니 일단은 여독을 풀기 위해서였다.

　사절단의 숙소로 배정된 건물은 리자테리움 중앙 거리에
위치한 월영관(月影館), 푸른 기와가 얹혀진 3층 높이의 정갈
하면서도 우아한 건물이었다.

　그란셀 남작은 월영관을 보며 기쁜 기색을 숨기지 않았다.

　"오, 확실히 이번엔 교국에서 대접을 후하게 하는군!"

　그동안 월영관은 릴스타인 왕국이나 팔로스 왕국의 사절들
만이 묵을 수 있던 장소였다. 상대적으로 국력이 약한 구 젝

센가드 왕국의 사절단은 여태 구경만 했지 들어가 본 적이 없었다.

라텐베르크 왕국에 대한 이나시우스 교국의 호감도가 상당히 높다는 증거였다.

희희낙락하며 사절단은 각자의 방에 짐을 풀었다.

시한 일행도 배정된 숙소로 향했다. 방 세 개에 거실까지 딸린 화려한 별관이었다.

시한이며 알리타, 제논이 흡족해하며 중얼거렸다.

"이야, 방 크다."

"시설 좋네요."

"여관 따위와는 비교가 안 되는군요."

디나가 초를 쳤다.

"좀 작네요?"

뭐, 원래 지내던 켈테론 저택의 별채에 비하면 작긴 하겠지. 그래도 충분히 넉넉한 공간이었다. 이게 작다고?

시한이 디나를 보며 입을 삐죽였다.

"생각해 보니 쟤, 부잣집 딸이었지?"

알리타도 뽀로통한 얼굴이었다.

"쳇, 나도 어릴 적 살던 집이랑 비교하면……."

그녀가 어릴 적 살던 집이라면 천년 제국 루스클란의 황궁 루스클라니움이다. 거기랑 비교하면 테라노어에 안 작은 건물이 어디 있겠냐만……

'야야, 말조심!'

화들짝 놀라 시한이 알리타를 툭 쳤다. 알리타도 기겁해 입을 다물었다.

다행히 디나는 아무것도 눈치채지 못했다.

"……?"

둘의 반응을 의아해하다 그녀가 알리타에게 말했다.

"그럼 전 이후 일정 준비를 하고 오겠습니다, 마스터."

"부탁해, 디나."

종자의 임무에 충실하기 위해 디나는 다시 숙소 밖으로 나섰다. 시한과 알리타, 제논은 거실에 모여 앉았다.

알리타가 질문했다.

"그런데 그게 무슨 소리예요, 시한? 카렌이 카렌이 아니라니?"

알현의 홀에서 봤던 이나시우스 교국의 군주, 달의 여교황 카렌 이나시우스.

엄숙한 인상의 아름다운 흑발 미녀를 떠올리며 성시한은 고개를 저었다.

"나도 뭐가 뭔지 모르겠어. 하지만 그 여자는 카렌이 아니야."

"맙소사, 일국의 군주이자 일월성신의 교황 중 한 명이 설마 가짜였다니……."

상식적으로 있기 힘든 일이다. 제논이 절레절레 고개를 저었다.

"도대체 무슨 음모가 있었기에?"

알리타는 눈을 가늘게 떴다. 시한의 말이면 무조건 믿는 제논과 달리 그녀는 보다 근본적인 의문을 품고 있었다.

'오늘 만난 카렌 이나시우스가 가짜라고?'

그렇다면 먼저 확인해야 할 것이 있다.

"그녀가 시한이 아는 카렌과 전혀 다르게 생겼나요?"

"아니, 외모는 그녀와 똑같았어. 진짜 겉모습만큼은 흡사하더라."

심지어 성시한이 기억하고 있는 십 년 전의 카렌과도 똑같을 정도였다. 나이를 먹었으니 조금은 변하는 게 정상인데도.

"하지만 내용물이 전혀 다르더군."

딱 잘라 말하는 시한을 향해 알리타가 다시 물었다.

"그 내용물이란 게 정확히 뭔데요?"

"인상이라고 해야 하나, 성격이라고 해야 하나? 참 설명하긴 애매한데."

"단순히 그런 이유예요?"

이건 좀 납득이 안 간다.

"십 년이란 세월이 지났는데, 인상이며 성격이 변하지 않은 쪽이 더 이상하지 않나요?"

"그런 문제가 아니라……."

"아, 혹시 시한은 상대의 기운이나 그런 걸 보고 본인을 확실하게 파악할 수 있는 거예요?"

"그런 건 아냐."

아무리 그래도 상대가 고유 투기술이라도 쓰지 않으면, 변장한 상태에서 못 알아보긴 마찬가지다.

무슨 영혼의 본질을 본다거나 하는 황당한 짓거리는 하지 못한다.

어이없어 하며 알리타가 질문을 던졌다.

"그럼 대체 무슨 근거로 그녀가 카렌이 아니라고 생각한 거예요?"

십 년 만에 만난 지인이다.

생긴 건 그대로다.

그런데 성격이나 인상은 완전히 변했다.

그렇다면 '인간이 바꿔치기 되었다'고 생각하기보단 '십 년 동안 사람이 많이 변했구나'라고 여기는 게 보통 아닌가?

"끄응……."

시한은 신음을 흘렸다. 저렇게 단순한 이유로 카렌이 가짜라는 판단을 내린 것은 아니었다.

"그러니까 말이지……."

혁명 7영웅은 서로 간에 목숨도 내줄 수 있을 정도로 가까웠던 사이다. 게다가 지구인인 성시한은 테라노어인에겐 없는 특이한 감지 능력이 있다.

이 둘의 조합으로 내린 결론이긴 한데, 이걸 대체 어떻게 설명해야 하나?

"왜, 어릴 때부터 함께 지낸 형제자매라면 아무리 오랜만에 만나도 진짜인지 가짜인지 정도는 알 수 있지 않나? 그런 느낌이랑 비슷한 건데……."

제논이 머리를 긁적였다.

"전 형제자매가 하나도 없어서 말입니다."

알리타도 뺨을 긁으며 딴청을 피웠다.

"전 형제자매가 너무 많아서요."

성시한은 허탈하게 웃었다.

"도움이 안 되는군."

하긴, 알리타 말도 틀린 건 아니었다.

아무리 형제자매라도 오랜만에 만나면 진위를 가리기 힘든 게 정상이긴 하다. 그래서 역사적으로 가짜 후계자가 나타나 온갖 분탕질도 치곤했었다.

'하지만 이건 그런 게 아닌데.'

그 여인은 카렌 이나시우스가 아니었다. 이것만큼은 확신할 수 있었다.

하지만 듣고 있자니 그 확신도 어째 점점 미심쩍어지기 시작한다.

"생각해 보면 앞뒤가 안 맞긴 하네."

중얼거리며 시한은 알현의 홀에 도열해 있던 교국의 신하들을 떠올렸다.

그들 중엔 과거 혁명 영웅 시절부터 카렌 이나시우스를 따르던 이들도 있었다. 아무리 철저히 가짜를 만들어도 그들 모두를 속인다는 건 불가능하다.

아니면 혹시 그들도 한통속인 걸까?

'그런 것 같진 않던데.'

시한은 그란셀 남작이 카렌의 아름다움에 당황했을 때, 다른 교국의 신하들이 보인 반응을 기억하고 있었다.

'그 자랑스러워하는 표정은 진심이었어.'

자신의 군주가 가짜란 걸 알고 있다면 나올 수 없는 반응이었다. 적어도 그들은 옥좌에 앉은 카렌이 진짜라고 믿고 있었다.

"뭐가 뭔지 모르겠군."

머리가 복잡하다. 미간을 찌푸리며 시한은 의자에 몸을 파묻었다.

제논이 조심스레 의견을 내놓았다.

"한 번 더 확인해 보시죠? 마침 기회도 있으니까요."

사절단의 일개 일원이 일국의 군주를 알현할 기회는 보통 자주 없다. 하지만 내일은 라텐베르크 사절단을 환영하기 위한 환영 파티가 예정되어 있었다. 한 번 더 카렌 여교황이 사절단 앞에 모습을 드러내는 것이다.

"그렇군."

턱을 괸 채 시한이 고개를 끄덕였다.

"제대로 확인해 봐야겠어."

*   *   *

일정을 확인한 디나가 웬 봇짐을 한 아름 들고 다시 숙소로 돌아왔다.

"파티용 예복입니다."

봇짐을 푸니 갈렌 민족 특유의 예식복이 네 벌 나왔다. 라텐베르크 사절단을 위해 이나시우스 교국 측에서 마련해 준 것이었다.

"가봉 상태라 한 번 더 수치를 재야 합니다. 지금 입어 주세요. 장신구는 나중에 따로 준비될 거예요."

제논과 시한이 고개를 끄덕이며 옷을 받아 들었다.

"알았다."

"지금 갈아입고 오지."

옷을 갈아입은 두 사람이 다시 거실로 나왔다. 알리타와 디나가 활짝 웃었다.

"와, 멋있어요."

"두 분 다 어울리시네요."

시한의 예복은 검은색의 장포와 코트가 퓨전된 듯한 느낌이었다.

오른 여밈의 겉옷, 넓은 소매와 날렵한 옷깃이 탄탄한 몸매를 넉넉하면서도 자연스럽게 드러내 준다. 은사로 자수가 들어간 허리띠가 과하지 않게 옷을 장식하여 화려하면서도 진중한 느낌을 잃지 않는다.

제논의 코트 역시 시한과 비슷한 디자인이었다. 사이즈가 월등히 컸을 뿐.

그래도 진한 푸른색 계통이라 제논의 거구를 적당해 보일 정도로 커버해 주고 있었다. 교국 시종장의 센스가 꽤나 좋은 모양이었다.

제논이 두 팔을 움직이며 고개를 갸웃거렸다.

"너무 펄럭거려서 느낌이 이상하군요. 포대 자루 뒤집어쓴 것 같습니다."

스스로를 둘러보며 시한이 중얼거렸다.

"알현식 때도 잠깐 보긴 했지만, 그래도 신기하네. 예전에

이 동네 와봤을 땐 이런 스타일이 아니었는데."

옷 디자인 자체를 처음 보는 것은 아니다. 아니, 오히려 익숙하다고 해야 옳다.

지구의 동양 쪽, 그러니까 중국 황실풍 예복에 가까운 느낌이니까.

하지만 루스클란 제국이 대륙을 지배하던 시절엔 보지 못했던 복색이었다.

미리 설명을 듣고 온 디나가 차분히 대꾸했다.

"제국이 무너지고 이나시우스 교국이 세워진 후 부활시킨 갈렌 민족 전통 의상이라고 하더군요."

루스클란 제국이라는 하나의 문화권에 테라노어 전체가 지배당하고 있을 때야 이런 지역 문화가 무시당했겠지. 그러나 육왕국으로 나뉘며 다시 옛 전통이 되살아나고 있는 것이다.

'그런 것치곤 여전히 동서양이 짬뽕된 듯한 느낌이지만.'

옷자락을 흔들어보며 시한은 피식 웃었다.

분명 디자인 콘셉트는 동양풍인데 옷의 기본 골격은 서양풍이 남아 있다. 아직 제국 시절의 복색에서 완전히 벗어나진 못한 것이다.

"천 년이라는 세월이 길긴 긴 모양이군."

알리타와 디나도 자신의 드레스를 챙겨 들고 방으로 향했다.

"그럼 저희도 갈아입고 올게요."

잠시 후 두 사람이 모습을 드러냈다.

알리타의 드레스 역시 동서가 혼합된 듯한 느낌이었다.

시한의 옷과 마찬가지로 소매가 넓다. 복숭앗빛 비단이 자연스럽게 늘어져 하늘하늘하게 흩날린다. 상체에 딱 맞도록 제작된 겉옷이 몸매를 강조하고 하의는 많은 주름을 잡아 부드러우면서도 풍성한 모습을 하고 있다.

걸음을 옮길 때마다 치맛자락이 바닥에 닿을 듯 말 듯, 꽃잎이 떨어지듯 하느작거린다. 드레스를 돌아보며 알리타가 어색해했다.

"어때요? 좀 이상한가……."

디나의 옷은 알리타와 달리 소매가 없는 진한 청록의 짧은 원피스였다.

알리타의 드레스가 가냘프면서도 우아한 여성미를 강조했다면, 반대로 발랄한 소녀의 활기가 드러나는 듯한 디자인이다. 그녀의 짙은 피부색, 그리고 붉은 머리카락과 강렬하게 대비되는 색상이었다.

제논이 감탄하며 말했다.

"오, 둘 다 아름답군."

시한이 눈을 깜빡였다.

"헤에……."

이 역시 처음 보는 스타일인데 묘하게 낯이 익다. 뭐라고 해야 하나? 유럽 쪽 패션쇼 같은 데서 본 듯한 디자인?

'차이니즈 오뜨쿠뛰르? 뭐, 그런 느낌이네.'

딱히 그가 패션에 지대한 관심이 있어 저런 걸 아는 것은 아니다. 그냥 한국에 있을 때 케이블 채널을 심심풀이로 돌리다가 우연히 본 정도였다.

'실은 란제리 쇼 보다가 얻어걸린 케이스였지만.'

아무리 세계를 구한 전설의 영웅이라도 어쩔 수 없는 남자인 것이다. 예쁜 여인들이 예쁜 속옷만 입고 등장하면 채널이 고정되게 마련이지!

어쨌거나 두 사람 다 참 잘 어울린다는 점은 틀림없었다. 특히 알리타는 옷이 날개라더니, 평소 가려져 있던 본연의 미모가 꽃처럼 빛나고 있었다.

디나가 몽롱한 눈으로 찬사를 흘렸다.

"정말 아름다우세요, 마스터!"

"고, 고마워, 디나."

알리타는 여전히 어색한 듯했다.

"저, 이상하지 않나요? 파티용 드레스를 입는 건 너무 오랜만이라……."

이런 '전투에 심각하게 방해되는' 복장을 취하는 게 대체 몇 년 만인지 모르겠다.

알리타가 뭔가 기대하는 눈으로 시한을 빤히 바라보았다.

당황하며 시한이 어설프게 칭찬을 건넸다.

"보, 보기 좋긴 하네."

"고마워요."

칭찬에 만족한 듯 알리타는 빙긋 웃었다. 엉뚱하게 디나가 발끈했다.

"소감이 고작 그게 다예요?"

"…왜 디나 네가 난리냐?"

어이없어 하는 시한을 뒤로한 채 디나가 줄자를 들고 왔다. 정확한 치수를 재기 위해서였다.

이리저리 수치를 기록하다 말고 알리타의 백금발을 보며 부러운 눈빛을 보낸다.

"마스터의 머리색은 정말 예쁘네요……."

알리타가 의아해했다.

"너도 예뻐, 디나. 우아한 붉은색인걸?"

솔직히 디나가 왜 이리 외모 콤플렉스가 있는 건지 이해하기 힘들다. 그녀 역시 충분히 귀엽고 예쁜 소녀다. 조금만 더 성장하면 상당한 미녀가 될 것이다.

"그렇지만……."

디나도 머리색 자체에 불만을 가진 것은 아니었다. 분명 그녀의 머리칼은 아름다웠다. 아버지에게 물려받은 선명한 스트로베리 블론드였다.

그러니까 피부와 따로 떼어놓고 보면 말이지.

다나의 피부색는 어머니로부터 물려받은 적갈색. 그녀의 어머니는 라한 족 특유의 백발이어서 적갈색 피부가 별로 어색하지 않았다. 하지만 아버지의 머리색과 어머니의 피부색이 결합하고 나니…….

"…애들이 털 난 당근이라고 놀려댔었단 말이에요."

다나가 입을 삐죽였다. 순간 성시한과 제논이 웃음을 터뜨리며 고개를 돌렸다.

"픕!"

언어가 인간의 의식을 지배한다던가? 조금 전까지 분명 별생각 없었는데…….

'큰일이다.'

'정말 털 난 당근이 연상되기 시작했어.'

두 사람이 고개를 돌린 채 희미하게 어깨를 떤다. 한 번 더 다나가 입을 삐죽였다.

"둘 다 웃지 마세요."

"미, 미안."

"미안하다, 다나."

간신히 진정하려는데 또 연상이 되어버렸다. 시한이 다시 고개를 돌렸다.

"픕!"

"우씨……"

더더욱 디나가 입을 삐죽였다. 얼마나 입을 삐죽였는지 슬슬 입술이 발사될 지경이었다.

하여튼, 그럭저럭 진정하고 네 사람은 옷을 입은 채 이리저리 움직여 보았다. 스타일 자체가 품이 넓어 그런지 가봉 상태에서도 꽤나 편안하고 맵시도 난다.

디나가 말했다.

"치수는 조금만 손을 보면 되겠네요."

제논이 물었다.

"끝난 건가? 이제 도로 벗어도 되나?"

"아뇨, 익숙해지셔야 하니 좀 더 입고 있어야죠."

"뭘 익숙해져?"

눈을 동그랗게 뜨며 시한이 질문했다. 디나가 차분히 설명을 이었다.

"환영식은 내일 오후, 달맞이꽃 별궁에서 열립니다. 달의 여신께 올리는 미사가 끝난 후 저녁 만찬과 친선 무도회가 이어질 예정이에요. 춤출 걸 대비해서 옷에 익숙해지실 필요가 있지요."

시한의 안색이 딱딱하게 굳었다.

"…잠깐, 무도회라고?"

성시한은 공포에 떨었다.

"무도회라면… 혹시 춤춰야 하는 거야, 그거?"

파티라기에 그냥 대충 수다 떨면서 술 마시고 음식 주워 먹는 그런 건 줄 알았는데!

알리타가 의아해하며 반문했다.

"왜 그래요, 시한? 춤추는 게 뭐가 문제라고?"

이젠 아예 디나가 옆에 있는데도 대놓고 시한이라고 부르는 알리타였다.

그동안 아무리 본명을 불러도 주위에서 알아서 선으로 들어주다 보니 슬슬 긴장이 풀린 것이다. 시한이란 이름 자체가 아스틴 어 특유의 억양으로 부르다 보면 원래 비슷하게 들리기도 했고.

과연, 디나는 전혀 알아차리지 못했다. 그저 의아해할 뿐.

"혹시 춤을 못 추시나요, 하이어 선?"

"아, 그게……."

시한은 식은땀을 흘렸다.

이계구원자 시절, 온갖 다양한 경험을 쌓은 그였다. 하지만 그 속에 춤은 없었다.

매일같이 싸우고 숨고 도망 다니던 시절인데 춤출 일이 어디 있었겠나?

그가 아는 춤이라곤 오직 하나, 검과 검을 마주하고 서로의 생명을 노리는 검무뿐이다.

한국에 돌아가서도 춤출 일 없긴 마찬가지였다.

딱히 가무에 관심이 없는 성격이어서 그 흔한 클럽 한번 놀러가 본 적이 없었다. 여자 꼬셔보겠다고 클럽 앞에 비싼 외제차 주차해 놓은 적은 있었지만.

'…그리고 클럽 경험 있어도 어차피 쓸모는 없잖아?'

화려한 샹들리에 밑의 우아한 귀부인들 사이에서 웨이브를 탔다간 참으로 시선이 따사롭겠지.

어찌 되었든 쓸모없긴 마찬가지다.

반면 알리타와 디나는 태연자약했다.

"무도회라, 오랜만이네."

"전 반년 만인 것 같아요, 마스터."

비록 7살 때까지라곤 해도, 황제의 딸인 알리타는 어릴 적에 황실 예법 교육을 착실히 받았다. 보고 들은 게 있으니 궁중 댄스 정도야 모를 리가 없었다.

디나도 명색이 귀족가의 딸이니 당연히 경험이 많다.

그래서 시한은 제논을 돌아보며 구원의 눈빛을 보냈다. 제논이라면 떨리는 이 마음을 알아주지 않을까?

그리고 배신당했다.

"저도 무도회는 오랜만이군요."

"제논, 너도 춤출 줄 아냐?!"

"별로 즐기진 않습니다만, 사교댄스 역시 기사의 덕목 중 하나이니까요."

"그 덩치로?"

"…덩치랑 춤이 무슨 상관이 있습니까?"

"어, 없긴 하지."

아, 제논, 너마저…….

시한은 좌절했다.

"춤출 줄 모르는 게 나밖에 없어?!"

생각해 보니 새삼 억울하기까지 하다.

테라노어를 구하기 위해 그 고생을 했는데, 남들 다 해보는 무도회 한번 즐겨 보지 못했구나!

'크, 개자식들!'

뜬금없이 복수심을 불태우며 시한은 이를 갈았다. 물론 그 분노는 금방 사라지고 도로 전전긍긍하기 시작했지만.

'어쩌지? 자연스럽게 분위기에 녹아들어야 하는데.'

지금의 그는 최대한 눈에 띄지 않는 쪽이 유리하다.

'그렇다고 아예 무도회를 빠질 수도 없고.'

옥좌에 앉은 카렌의 진위를 확인해야 하니까.

"아우, 어쩐다…….'

뭐 마려운 강아지처럼 끙끙대는 시한을 보며 알리타는 자기도 모르게 웃었다.

'어머?'

그녀가 알고 있던 이계구원자 성시한은 전설의 영웅이었다.

세상에 불가능한 것은 없고, 세상 모든 것을 다 알고, 뭐든지 다 할 수 있는 초인처럼 여긴 적도 있었다.

하지만 눈앞의 청년, 성시한은 모자란 점도 있고 부끄러워하기도 하는 평범한 20대 남자일 뿐이다.

'이 사람, 의외로 귀여운 데가 있네.'

알리타가 손을 내밀었다.

"괜찮아요, 지금 가르쳐 줄게요."

"어, 그럴 수 있어?"

"춤이란 거, 별거 없어요. 그냥 리듬 맞춰서 빙빙 돌면서 정해진 스텝을 밟으면 되는데."

묘하게 활기찬 표정으로 그녀는 방긋 미소 지었다.

"시한 정도라면 금방 익힐걸요?"

*　　　　*　　　　*

거실 한복판에 두 남녀가 서로를 바라보고 마주 선다.

성시한은 침을 꿀꺽 삼키며 두 손을 내밀었다.

한 손을 서로 맞잡고, 다른 한 손을 알리타의 가느다란 허리 위에 살포시 올린다.

순간 디나가 눈에 불을 켰다.

"제, 제가 가르쳐 드릴게요, 하이어 션!"

진짜 속마음은 이쪽이었다.

'저 아저씨가 감히 우리 언니 허리를 더듬어?'

물론 기각되었다.

"마음은 고맙지만 디나, 너랑은 키가 안 맞는데?"

성시한은 180㎝가 넘는 장신이다. 반면 디나는 채 150㎝가 안 되는 작은 소녀.

뭐, 춤추려면 못 출 거야 없겠지만, 굳이 키가 맞는 알리타 놔두고 디나와 연습할 필요는 없잖아?

스스로의 미성숙을 한탄하며 디나가 욕설을 흘렸다.

"제기랄!"

"……?"

어리둥절하던 시한은 다시 알리타를 바라보았다.

서로의 호흡이 느껴질 정도로 다가가며 그녀가 부드럽게 중얼거렸다.

"자, 이제 오른쪽으로 돌면서……."

시키는 대로 착실히 성시한이 스텝을 밟았다. 상냥한 목소리가 이어졌다.

"상대의 호흡에 집중하세요. 그러면서 동작에 맞춰서……."

'호흡, 동작이란 말이지.'

진지하게 시한은 알리타의 말을 경청했다. 집중, 집중.

그리고 그녀의 허리를 감싼 채 그대로 신체 중심을 이동시키며 메쳐 버렸다!

"꺄악!"

참으로 장렬한 허리 감아 메치기였다.

"뭐 하는 거예요?"

기겁하며 알리타가 쌍심지를 켰다. 다행히 패대기치기 직전 시한이 움직임을 멈춰서 다치거나 하진 않았지만, 깜짝 놀란 건 사실이다.

"미, 미안. 실수했어."

놀라긴 시한도 마찬가지였다. 식은땀을 흘리며 그가 알리타를 도로 일으켜 세웠다.

옆에서 보고 있던 디나가 눈을 부라렸다.

"뭘 실수하면 댄스 파트너를 메치는 건데요?"

"그러니까 습관적으로 그만……"

"대체 어떤 습관을 가지고 있어야 파트너를 패대기치는 건가요?"

디나의 날카로운 힐난이 이어졌다. 평소의 귀여운 인상은 어디 갔는지 눈빛이 표독스럽기 그지없다.

'오메, 무서워.'

머쓱해하며 시한은 계속 땀만 뻘뻘 흘렸다.

"아니, 그러니까 그게 말이지……."

테라노어에서 지내던 시절 내내 전사로서만 살아왔다.

살아남기 위해, 강해지기 위해 모든 시간을 보내던 시절이었다.

그런 그에게 신체 접촉이라 하면 관절을 꺾거나, 뼈를 부수거나, 급소에 펀치를 쑤셔 박거나, 태클을 넣어 자빠뜨리는 개념밖에 없는 것이다!

'심지어 레비나랑 사귈 때도 서로 검무를 춘 적은 있어도 사교춤 따윌 춰본 적은 없었지.'

어떤 의미에서는 무인다운 교제 방법이라 할 수 있겠다.

"에휴……"

성시한이 한숨을 쉬며 변명을 늘어놓았다.

"알리타의 호흡과 동작에 집중하는 순간, 몸에 배인 체술이 먼저 튀어나왔어."

디나가 있으니 상황을 자세히 말할 순 없다. 그래서 대충 설명을 뭉뚱그렸다.

"어릴 때부터 워낙 이래저래 전투를 많이 겪다 보니 이상한 습관이 생겼네, 쩝."

"그런 거예요?"

디나가 천하의 인간 망종을 보는 시선으로 성시한을 노려보았다.

"세상에… 얼마나 많은 사람을 패고 다녀야 저런 습관이 생길 수 있는 건가요?"

패기야 참 많이 꽸지. 네 자리는 안 되도 세 자릿수는 족히 될 것이다(그러니까 칼로 벤 거 빼고).

성시한의 정체를 아는 제논은 안타까워하며 눈시울을 붉혔다.

"저런, 얼마나 험한 삶을 사셨으면……."

양쪽 반응 모두 시한 입장에선 억울하긴 마찬가지였다.

'왜 21세기 대한민국의 문명인인 내가 허구한 날 칼질하고 다니며 사람 목숨 우습게 아는 테라노어 애들에게 이런 시선을 받아야 하지?'

반면, 평소에도 긴장감 넘치는 삶을 살던 알리타는 다 이해할 수 있다는 표정이었다.

"그럴 수도 있죠. 이번엔 춤에 집중해서 다시 해봐요."

"으, 으응."

긴장하며 시한은 다시 알리타의 허리에 손을 감았다. 그리고 최대한 본능을 억제하며 춤 동작에만 집중한다.

하나 둘 셋, 하나 둘 셋.

잠시 후 알리타가 혀를 차며 고개를 저었다. 움직임이 전혀 자연스럽지 않았다.

"안 되겠네요……."

동작을 의식적으로 제어하려다 보니 전신이 삐걱삐걱, 그야말로 목각인형이 따로 없다. 피노키오가 뛰쳐나와 잃어버린 형제를 찾았다고 외칠 수준이다.

"좀 더 흐름을 느끼며 자연스럽게 해봐요."

"응."

살짝 긴장을 풀고 시한은 다시 몸을 움직였다. 그리고 잠시 후 사과를 건넸다.

"아, 미안……"

'손목 역수로 꺾어 제압하기'에 당한 알리타가 고개를 절레절레 저었다.

'이거 쉽게 생각할 일이 아니네?'

그거 긴장 조금 풀었다고, 오래도록 단련한 시한의 육체가 바로 반응해 주었던 것이다.

"습관이란 거 무섭군요."

물론 시한도 좀 더 연습하면 익숙해지긴 할 것이다. 그냥 춤 자체가 어색해 생기는 문제니까.

하지만 당장 내일이 무도회다. 오랜 습관을 고치기엔 시간이 부족하다.

고민하던 알리타가 나름대로 해답을 내놓았다.

"눈높이 교육을 해야겠네요."

성시한의 문제는, '전투'라는 상황에 익숙할 대로 익숙한 육체가 '춤'이라는 생판 처음 접하는 상황에 통 적응하지 못하고 평소 습관대로 움직여 버린다는 점이다.

그렇다면 처음부터 이 상황을 '익숙한 상황'으로 만들면 된다.

시한의 손을 잡고 스텝을 유도하며 알리타가 속삭였다.

"상대와 춤을 추는 게 아니라, 붙잡아 덫으로 유인한다고 생각해 봐요. 천천히 함정으로 끌어들이면서 포획한다는 기분으로……."

어째 사교춤 교습이 아니라 사냥꾼이 제자 가르치는 분위기가 되어버렸다만, 시한이 불만을 터뜨릴 자격 따윈 없다.

그렇게 조금 시간이 흘렀다. 디나가 눈을 휘둥그레 떴다.

"어머? 갑자기 잘한다."

알리타의 맞춤 교육은 빛을 보았다.

성시한의 움직임이 제법 그럴싸해진 것이다. 이 정도면 적어도 무도회장에서 이목을 집중할 일은 없을 것이다.

"그런데 뭔가 춤의 의의랑은 많이 어긋난 기분이……."

제논이 묘한 표정을 지었다. 왜냐면 시한이 계속 이런 식으로 중얼거리고 있었으니까.

"유인, 제압, 포획……. 유인, 제압, 포획……."

뭐, 상대방을 인생의 덫으로 끌고 들어온다는 점에 있어선 진정한 사교춤의 본질이라 할 수도 있겠다.

어쨌거나, 덕분에 점점 사교춤에 익숙해지는 시한이었다.

"이제 좀 어떤 건지 알겠네. 고마워, 알리타."

시한이 작게 속삭였다. 지금 둘의 거리는 숨결조차 느껴질 정도로 가까운 것이다.

알리타가 나직하게 대꾸했다.

"재미있네요."

"뭐가?"

"제가 당신을 가르치는 일이 생길 거라곤 생각도 못 했어요."

가볍게 몸을 돌려 다시 시한 품에 안기며 그녀가 배시시 웃었다.

"시한은 뭐든지 잘하는 것처럼 보였으니까."

알리타를 안은 채 시한도 웃으며 대답했다.

"세상에 그런 사람이 있을 리 없지."

사뿐, 사뿐, 사뿐.

하나 둘 셋, 하나 둘 셋.

소리 없는 무도회 속에서 두 사람은 손을 맞잡고 계속 춤을 추었다.

＊　　　＊　　　＊

다음 날 저녁. 리자테리움의 중앙탑, 밤의 눈동자 외곽.

달맞이꽃이라 이름 붙여진 화려한 별궁에 수많은 귀족들이 모여 있었다.

별궁 한쪽에서 한 무리의 악사들이 갈렌 민족 특유의 은은한 음악을 연주한다. 다른 한쪽엔 커다란 테이블이 놓여 있고 온갖 화려한 요리들이 가득 늘어져 있다.

"오, 처음 보는 음식이다."

제논이 눈을 빛내며 테이블로 달려들었다.

새로운 음식들을 보니 요리인의 혼이 맹렬히 불타는 모양이었다. 이것저것 주워 먹으며 고개를 갸웃거린다.

"신기한 맛이로군요. 이게 뭘까요?"

힐끔 제논의 그릇을 보더니 시한이 별거 아니란 듯 대꾸했다.

"그거? 잡채."

지나가던 교국 시중인 한 명이 황당해하며 그의 말을 고쳤다.

"…'구르스'라는 저희 나라 전통 음식입니다만?

대체 그 잡스런 이름은 뭐냐는 듯한 표정이었다. 시한이 머쓱해하며 고개를 돌렸다.

"아, 뭐, 그렇겠지."

세계가 다르니 겉모습은 비슷해도 실제론 다른 요리일 수도 있다.

혹시나 해서 시한도 한입 먹어보았다. 그리고 확신했다.

"잡채 맞네."

그 와중에도 제논은 신중하게 한입, 한입 요리를 입에 넣고 음미하고 있었다. 척 봐도 레시피 훔쳐 가려는 산업 스파이의 모습이었다.

"혹시 이것도 만들 수 있겠어?"

"재료만 있으면, 뭐……."

그럭저럭 가능할 것 같다며 제논이 고개를 끄덕였다. 시한의 표정이 환하게 밝아졌다.

'이거, 테라노어에서 한식 먹게 생겼네?'

희희낙락하며 그는 홀 쪽으로 시선을 돌렸다.

홀 여기저기서 귀족들이 담소를 나누고 있었다. 몇몇 남녀가 궁중 음악에 맞춰 춤을 추는 광경도 보였다.

지구의 동아시아 쪽에는 저렇게 궁중에서 남녀가 뒤섞여 춤추는 관습이 없다. 하지만 그건 어디까지나 유교 문화 때문에 그런 것이고, 테라노어 동부에선 상관없는 이야기인 것이다. 공자님이 이 세계에 사셨을 리도 없으니까.

주위를 훑어보며 시한이 고개를 끄덕였다.

'의외로 분위기가 자연스럽군.'

이야기만 들었을 땐 서양식 파티에 중국옷 입고 가는 그런 어색한 촌극이 아닐까 염려하기도 했다. 그런데 막상 보니 전허 그렇지 않았다.

이는 루스클란 제국식을 기반으로 테라노어 동부 전통 문화가 결합된 형태, 달의 신전이 간직하고 있던 갈렌 민족의 옛 예법이나 문화가 자연스럽게 되살아난 광경인 것이다.

한편 알리타와 디나는 딱딱한 표정으로 주위를 두리번거리고 있었다.

둘 다 연회 자체는 경험이 있어도 이런 타국의, 다른 문화의 연회는 처음이었으니까.

"우와, 사람 많다."

"그러게요. 그래도 너무 긴장하시는 거 아니에요, 마스터?"

"모르는 사람이 자꾸 접근하잖아."

"…그게 왜 긴장하시는 이유가 되는 건가요?"

"아, 아무것도 아냐. 오호호."

속닥거리는 두 소녀를 향해 홀 내의 다른 귀족들이 이채 어린 눈빛을 보냈다.

"오, 아름다운 여인이로군."

"저 여인은 누구지? 보통 미모가 아닌데."

"라텐베르크 사절단의 호위 기사라더군요."

"어머, 믿기 힘드네요. 저런 가녀린 레이디가 난폭한 사내들처럼 검을 휘두른다니."

뭐, 정확히는 디나가 아니라 알리타에게만 시선을 보내고 있었지만.

그렇다고 아무도 디나에게 관심이 없는 건 아니었다. 한 청년이 그녀를 보더니 반색을 하며 다가왔다.

"혹시, 그대가 디나 크럼블인가?"

갈색이 감도는 검은 머리에 검은 눈동자를 지닌 이십 대의 청년이었다. 시한 일행에게 다가오며 청년이 반갑다는 듯 말을 이었다.

"온다는 이야기는 들었다. 어머니를 많이 닮았구나? 금방 알아봤어."

"실례지만 당신은?"

의아해하며 디나가 물었다. 청년이 미소와 함께 대답했다.

"아모스 가문의 브라이트다. 그대의 어머니께서 내 어머니의 동생이 되시지."

디나는 눈을 깜빡였다.

'아모스 가문의 브라이트라고?'

귀에 익은 이름이었다.

'예전에 엄마가 말했었지. 이나시우스 교국에 이모가 시집 갔었다고.'

그러고 보니 이 청년의 외모도 꽤 익숙한 느낌이다. 갈렌족 청년처럼 보이지만 잘 보면 피부색이 다른 이들보다 짙고 붉은빛이 돈다.

그녀처럼 라한 족의 피가 섞였다는 증거였다.

상대가 자신의 이종사촌임을 확인한 디나가 정중히 자기소개를 했다.

"반갑습니다, 크럼블 가문의 디나입니다."

"그래. 반갑다, 사촌."

인사를 받으며 브라이트가 곁에 선 또래의 청년을 소개했다.

"이 친구는 듀란, 우리 가문의 호위 기사라네."

"듀란 그랜트입니다. 잘 부탁드립니다, 디나 양."

상당히 잘생긴 미남자였다. 갈렌족 특유의 검은 눈동자와 황색 피부를 지니고 있지만 머리색이 화려한 백금발이다. 아마도 갈렌족과 브리안 족의 혼혈인 듯했다.

루스클란 제국이 대륙 전역을 통치한 기간이 자그마치 천년. 그 긴 세월 동안 수많은 교류가 오갔다. 현 시대에 여러 민족의 혼혈은 그리 드문 일이 아니다.

듀란을 소개한 브라이트가 눈을 빛내며 디나의 일행 쪽을 바라보았다.

"그런데 이분들은?"

"아……."

아차 싶어 디나도 잽싸게 일행을 소개했다. 성시한과 제논에 이어 알리타가 입을 열었다.

"켈테론 후작가의 기사, 알리타 렐칸이라고 합니다."

선 스테인과 제논을 소개할 때까지는 그냥 평범하게 고개를 끄덕이던 브라이트였다. 그런데 알리타 차례가 되자 갑자기 목소리가 급격하게 느끼해진다.

"오, 아름다운 미모만큼이나 아름다운 이름을 지니셨군요."

알리타는 잠시 당황했다. 자신의 이름에 불만은 없지만, 딱히 칭찬할 정도로 아름다운 어감도 아닌 것 같은데?

시한과 제논이 속으로 헛웃음을 흘렸다.

'에라, 이 인간. 어쩐지 뜬금없이 아는 척하더라니.'

'디나에게 용건이 있는 게 아니었군.'

처음부터 알리타에게 접근하려고 이종사촌을 판 모양이다.

살짝 무릎을 굽힌 채 브라이트가 정중히 허리를 숙였다.

"레이디 알리타, 제게 그대와 춤을 출 영광을 주시겠습니까?"

여기서 청을 거절하는 것은 굉장히 무례한 일이다. 궁중 예법대로 드레스 자락을 살짝 들어 올리며 알리타도 고개를 숙였다.

"기꺼이 받아들이겠습니다, 브라이트 님."

손을 맞잡고 두 사람이 홀로 나섰다. 그 뒷모습을 보며 디나가 뾰로통한 표정을 지었다.

"쳇, 역시 마스터께 관심이 있었던 것뿐이네."

놀리듯 시한이 말했다.

"디나, 너한테 관심을 가지면 그게 더 문제 아니냐?"

처음 보는 알리타에게 관심을 가진다면 그냥 건전한(?) 난봉꾼이지만, 피 섞인 14살짜리 이종사촌 동생에게 관심을 가진다면 그건 불건전 수준으로 끝날 이야기가 아니지.

"그야 그렇지만요……."

시큰둥한 디나를 내려다보며 듀란이 부드럽게 미소 지었다. 그리고 우아한 태도로 허리를 숙이며 손을 내밀었다.

"디나 양, 제게 당신과 춤을 출 영광을 주시지 않으시겠습니까?"

"어머나?"

디나의 표정이 밝아졌다. 상대의 손을 맞잡으며 그녀가 빙그레 웃었다.

"기꺼이 받아들이겠습니다, 하이어 듀란."

듀란과 디나도 사뿐사뿐 홀로 향했다. 뒤에 남은 성시한이 파티장 내부를 바라보며 눈을 가늘게 떴다.

'아직 카렌은 나오지 않았나?'

아무래도 좀 더 기다려야 할 것 같다.

'적당히 분위기나 맞추고 있어야겠군.'

안 그래도 어제의 '특훈 결과'를 어서 '실전'에 도입해 보고 싶은 참이었다. 살짝 상기된 얼굴로 시한은 목표를 물색했다.

저만치 적당한 귀부인 한 명이 보인다. 눈을 빛내며 시한이 슬슬 접근했다.

"제게 그대와 어울릴 영광을 주시겠습니까, 부인?"

흥미로워하는 얼굴로 상대도 손을 내밀었다.

"기꺼이 받아들이겠습니다, 라텐베르크의 기사님."

음악에 맞춰 성시한과 교국의 귀부인은 춤을 추기 시작했다.

특훈의 결과는 훌륭했다. 발을 밟지도 않았고 스텝이 꼬이지도 않았다. 훌륭하게 한 곡이 끝날 때까지 시한은 상대를 리드할 수 있었다.

게다가 알리타와의 특훈엔 미처 예상 못 한 긍정적인(?) 부작용도 있었다.

"하아……."

댄스를 마친 귀부인이 새빨개진 얼굴로 가쁜 호흡을 흘린다. 어쩐지 흥분한 표정이라 다른 귀부인이 이상하게 여겨 물었다.

"왜 그러시나요, 부인?"

"모르겠어요, 이상한 느낌이네요."

성시한을 바라보며 귀부인이 몽롱한 표정을 지었다. 사교댄스 따윈 수없이 춰본 그녀였지만 방금의 춤은 뭔가 달랐다.

분명 상대는 신사적으로 춤을 리드하고 있는데도…….

"묘하게 사냥당하는 듯한 기분이……."

맹수로부터 쫓기는 것처럼 오싹오싹한 감각이었다. 그렇다고 기분이 나쁜 것도 아니다. 기이할 정도로 흥분된 경험이었다.

사실은 일종의 흔들다리 효과이겠지만, 뭐 테라노어 귀부인이 그런 것까지 알 리는 없지.

이야기를 접한 다른 부인들이 눈을 반짝였다.

"어머?"

"어디 그럼 나도……."

갑자기 시한의 인기가 급상승했다. 그것도 순 유부녀 위주로.

"한 곡 추시겠어요?"

"다음엔 저와……."

"저도……."

댄스 파트너라기보다는 놀이동산의 어트랙션 기구 취급을 당하고 있는 것 같지만, 하여튼 자연스럽게 분위기에 녹아드는 데에는 성공한 성시한이었다.

물론 본인은 여전히 그 이유를 모르고 있었지만.

'뭐지? 사실은 나, 춤에 재능이 있었던 건가?'

그렇게 파티가 한창 무르익을 때였다.

갑자기 음악이 바뀌었다. 춤을 추던 이들이 동작을 멈추고 단정한 자세로 별궁 계단으로 시선을 돌렸다.

한 아름다운 여인이 차분히 계단을 내려오고 있었다. 웅장한 성가와 함께 교국의 시종 하나가 큰 소리로 외쳤다.

"크론 리자테의 의지를 지상에 전하시는 여신의 빛, 밤과 달의 수호자, 카렌 이나시우스 성하께서 드십니다!"

＊　　　　＊　　　　＊

한국이나 중국 역사를 보면, 궁중에서는 보통 왕과 신하의 거리가 멀다. 암살 위협을 경계해야 했으니까.

하지만 대대로 강력한 혈통 마법을 지닌 이가 제위에 오르는 루스클란 제국은 그렇게까지 암살을 경계하지는 않았다. 물론 철저하게 호위를 두긴 했지만, 무도회 같은 공식 행사에는 직접 참가해 분위기를 이끄는 것 또한 황제의 의무 중 하나였다.

저 전통은 육왕국으로 나뉜 현 시대에서도 각 왕궁에 전해지고 있었다.

긴장한 얼굴로 라텐베르크 사절단장, 그란셀 남작이 카렌 앞으로 다가갔다. 예정된 절차대로 그녀와 춤을 추기 위해서였다.

"감히 여신의 현신과 함께하는 영광을 입겠나이다, 성하."

손을 내밀며 카렌 여교황이 무표정하게 대꾸했다.

"잘 부탁한다, 그란셀 남작."

부드러운 선율과 함께 두 사람이 홀로 나섰다. 모두의 시선 속에서 우아하게 스텝을 밟기 시작한다.

이윽고 음악이 끝나자 상기된 얼굴로 남작이 고개를 숙였다.

"영광이었습니다, 성하."

"매우 즐거운 경험이었노라."

하지만 말과 달리 카렌의 표정엔 거의 변화가 없었다. 정말 즐거웠다기보다는 그냥 의무를 다했다는 듯한 얼굴이었다.

이후 카렌은 옥좌로 돌아갔다. 무곡(舞曲)이 재개되고 여러 남녀가 다시 어울리기 시작했지만 더 이상 움직이지 않고 조용히 그 광경을 지켜보고만 있었다.

그녀가 여왕이기 때문이었다.

왕이 남자라면 능동적으로 나서서 여러 여인들에게 춤을 신청할 수 있겠지. 하지만 무도회에서 여성은 선택받는 존재다. 그리고 그란셀 남작 이후, 감히 카렌에게 춤 신청을 하는 용감한 사내가 없었다.

상대는 일국의 여왕이자 전설의 혁명 영웅. 젊은 혈기로 들이대기엔 너무 거물이다. 실수했다간 자기 목 날아가는 걸로 끝나지 않는다. 게다가 지금 그녀의 표정을 보면 그리 무도회를 즐기는 것 같지도 않다.

당연히 몸을 사릴 수밖에 없는 것이다.

'흐음.'

별궁 한쪽에 서서 성시한은 옥좌를 곁눈질했다.

원래 계획은 몇 명 더 카렌과 어울린 후에 자연스럽게 자신도 끼어들 생각이었는데…….

'슬슬 움직여야 하나?'

차분한 발걸음으로 시한이 카렌에게 다가갔다. 그리고 허리를 굽히며 손을 내밀었다.

"켈테론 후작가의 호위 기사, 선 스테인이라고 합니다. 제게 여신의 현신과 어울릴 영광을 주시겠습니까?"

무표정하던 카렌의 눈에 이채가 떠오른다. 희미한 미소가 그녀의 입가에 맺혔다.

카렌이 사뿐히 몸을 일으켰다.

"그대의 청을 받아들이겠다, 라텐베르크의 기사여."

두 남녀가 우아한 걸음으로 홀 중앙으로 향했다. 별궁의 교국 측 신하며 사절단 일원들이 호기심 어린 눈빛을 보였다.

"호오? 성하께 춤 신청을?"

"패기 있는 청년이구려."

"젊음이 좋구만."

사람들의 시선이 집중된다. 그 시선의 중심에 선 아름다운 흑발의 미녀를 마주 보며 시한은 속으로 긴장했다.

생각해 보면 무모한 일이었다.

아무리 투기술로 얼굴을 바꾸고 목소리를 변조해도 사소한 몸짓, 말투까지 완전히 바꿀 수는 없다. 만약 상대가 진짜 카렌이라면 그의 정체를 파악할 가능성도 충분히 높다.

그래서 제논을 대신 내세워 볼까 생각하기도 했다.

'하지만 그럴 순 없지.'

이는 성시한, 자신이 직접 확인해야 할 일이었다.

이 복수는 그의 것.

그 과정 역시 그만의 것.

설령 정체를 들킬 위험을 감수하더라도, 결코 남에게 떠넘길 수는 없었다.

궁중 무곡이 연주된다. 특훈을 통해 익힌 춤 동작을 하나하나 펼쳐 낸다.

무심한 얼굴로 동작을 이어가며 카렌이 묘하다는 어조로 말했다.

"특이하군, 하이어 선. 그대의 춤에서는 뭔가 다른 것이 느껴진다."

예의 그 '흔들다리 효과'를 그녀도 느낀 듯했다. 하지만 그것이 전부였다.

카렌은 눈앞의 성시한에게 별 반응을 보이지 않았다. 이렇게 가까운데도 여전히 생면부지의 사내를 대하는 태도였다.

'역시……'

점점 눈앞의 여인이 진짜 카렌이 아니라는 확신이 든다. 이제 남은 것은 마지막 확인뿐이다.

은근한 어조로 시한이 속삭였다.

"정말 아름다우시군요, 마치 월궁의 공주님처럼."

오직 성시한, 자신과 카렌 이나시우스만이 아는 이야기를.

"달에 사는 토끼들조차도 성하의 아름다움에는 눈이 멀어버릴 것 같습니다.

과거 테라노어의 많은 이들이 성시한의 세계, 한국과 지구에 대해 호기심을 가졌다.

하지만 카렌이 궁금해한 것은 다른 그 누구와도 달랐다.

"지구에도 달이 있나요, 시한?"

그녀는 달의 여신을 섬기는 프린이었다. 어느 누구도 관심을 주지 않았던 지구의 달이지만, 카렌에겐 세상 그 무엇보다도 중요한 문제인 것이다.

"응, 카렌. 지구에도 달이 있어."

테라노어의 하늘에 뜬 보름달을 바라보며 17세의 한국인 소년은 말을 이었다.

"테라노어의 달과는 조금 느낌이 다르지만."

지구와 테라노어의 달은 흡사하다. 지구처럼 테라노어 역시 달이 차고 이지러지며, 그 주기 역시 거의 같다.

하지만 완전히 다른 점도 있었다.

테라노어의 달에는 지구의 달처럼 크레이터에 의한 음영(陰影)이 없었다. 표면이 마치 거울처럼 매끈한 것이다. 그래서 테라노어인은 태양을 뜨거운 하늘의 불, 달을 차가운 어둠의 빛이라고 여긴다.

아무런 무늬도 보이지 않는 은색의 달을 올려다보며 시한이 재미있다는 듯 말을 이었다.

"우리나라에선, 달에 토끼가 살고 있다는 식의 이야기도 있어. 보아하니 테라노어엔 그런 이야기는 없겠네."

"토끼요?"

"다른 나라에선 게가 살고 있다는 식의 이야기도 있고."

"…게?"

도무지 이해가 안 간다는 얼굴로 카렌이 고개를 갸웃거린다. 시한은 키득거리며 웃었다.

달에 토끼나 게가 살고 있다는 이야기는, 달의 무늬가 토끼나 게처럼 보이기 때문에 나온 것이다. 매끈한 달을 보고 사는 테라노어인은 결코 이해할 수 없는 소리겠지.

그 후로도 많은 이야기를 나누었다.

월궁의 항아며 그리스 신화의 달의 여신 등등, 얕은 지식이나

마 시한은 열심히 아는 이야기를 풀었고 카렌은 흥미로워하며 경청했다. 아폴로 13호의 달 착륙 이야기를 들었을 땐 경악하기도 했다.

"놀랍군요! 지구인들의 힘은 여신의 천국에마저 닿았단 말인가요?"

테라노어에서도 달이 또 다른 세계라는 믿음이 있다. 단지 그것이 천문학적 개념은 아니다.

테라노어에서 달이란, 크론 리자테를 믿고 섬기는 이들이 죽음 후에 찾아가는 여신의 천국이었다.

시한이 어깨를 으쓱였다.

"지구의 달에는 여신도 없고, 천국도 아니니까."

지구인에게 달이란 그저 우주에 떠 있는 땅덩어리일 뿐.

"어머, 그럼 달 토끼는 어떻게 된 거예요?"

"진짜 토끼가 산다는 소리가 아니라, 그냥 달그림자 보고 만들어진 미신이라니까?"

과거를 떠올리며 성시한은 내심 단언했다.

'그래, 확실해.'

다른 건 몰라도 지구의 달에 관한 이야기만큼은 절대 다른 사람들에게 한 적이 없었다.

처음에는 카렌 말고는 그 화제로 말할 기회가 없었고, 나중에는 그녀와 시한만의 작은 비밀로 삼아 일부러 남에게 말하지 않았다.

시한은 눈앞의 흑발 미녀를 유심히 살폈다. 과연 이 여인은 어떤 반응을 보일 것인가?

만약 그녀가 진짜 카렌이라면 무섭도록 정색하며 누구에게 그 이야기를 들었냐고 캐물을 것이다.

'아니면 바로 내 정체를 눈치챌지도 모르지.'

일단 핑계는 준비해뒀지만, 당연히 의심을 살 것이다. 만일의 경우엔 지금 이 자리에서 전투를 벌이게 될 수도 있다.

문득 시한의 등 뒤로 식은땀이 흘러내렸다. 상대가 카렌이 아니라는 확신이 있어 시도한 것이지만 역시 과하게 무모한 짓이었다.

다행히 그의 예측은 빗나가지 않았다.

눈앞의, 카렌이라 불리는 이 흑발의 미녀는 그저 신기하다는 표정만을 짓고 있었으니까.

"달에 토끼가 산다니……. 실로 독특한 이야기로구나. 그것은 어느 지방의 민담이더냐?"

시한이 멋쩍어 하며 머리를 긁었다.

"실례했습니다, 달의 여신을 섬기는 고귀한 분께 부끄러운 미신을 입에 담았군요."

엄숙한 얼굴로 카렌이 대꾸했다.

"여신께선 관대하시다. 무지는 때론 큰 죄가 되지만, 그대의 무지에는 죄를 물을 수 없겠구나."

그리고 옅은 미소를 떠올리며 말을 덧붙였다.

"크론 리자테께선 만물을 굽어살피신다. 당연히 그분의 천국엔 토끼도 있겠지."

"그렇겠지요."

음악이 끝났다. 두 사람의 춤도 끝났다.

"영광이었습니다, 성하."

"즐거운 시간이었다."

인사를 나누고 두 남녀는 원래의 자리로 돌아갔다.

카렌은 자신의 옥좌로, 시한은 일행이 서 있는 별궁 기둥 옆으로.

알리타와 제논이 초조한 눈으로 그를 기다리고 있었다.

"어떻던가요?"

"확인하신 겁니까?"

두 사람 모두, 혹여 긴급 상황이 벌어질까 아까부터 긴장 상태였다.

시한은 주위를 둘러보았다. 디나는 아직 듀란과 어울리고 있었다. 일행 주위에 근접한 다른 이들도 없었다.

이 정도면 이야기가 새어 나갈 일은 없다.

그는 빙그레 웃으며 어깨를 폈다.

"그래, 확인했다."

그리고 후련하다는 얼굴로, 음성을 낮춰 말을 이었다.

"그녀는 카렌이 아니야."

Chapter 4

알려지지 않은 이야기

테라노어 극동의 아브란젤 고원. 이나시우스 교국과 끝없는 황야 사이를 경계 짓는 이 땅에는 천 년 전부터 거대한 검은 탑이 세워져 있다.

  대륙의 4대 마탑 중 하나, 흑색 상아탑이었다.

  탑의 최고층, 오직 상아탑주에게만 허락된 그 공간에 검은 로브 차림의 중년 여인이 서 있었다.

  빛바랜 금발과 백발이 뒤섞인 머리를 정갈하게 말아 올린 50대 정도 나이의 여인이었다. 젊었을 때 꽤 미녀였는지, 나이 든 지금도 제법 얼굴이 고왔다.

여인이 거울을 향해 손짓했다. 이내 거울이 그녀 대신 30대 나이의 사내를 비췄다.

흑색 로브를 걸친 사내가 고개를 숙이며 말했다.

"루스클란의 혈족을 찾았습니다, 마기언 브륜딜."

"수고했구나, 마기언 할란."

여인, 흑색의 브륜딜이라 불리며 많은 마기언들의 경외의 대상이 되고 있는 흑색 상아탑의 주인은 흡족한 표정을 지었다.

거울 속 사내가 말을 이었다.

"소드하이어로 행세하고 있어 탐지가 늦었습니다. 감쪽같이 정체를 숨기고 귀족가의 호위 기사로 숨어 살고 있더군요."

루스클란 황족은 혈통 마법의 힘을 타고난다. 그래서 사람들은 광제의 혈족이라고 하면 마기언일 거란 편견을 가지고 있었다.

"그럴 수도 있겠지. 루스클란 일족이라 해서 소드하이어의 재능이 없으리란 법은 없을 테니까."

고개를 끄덕이며 브륜딜이 지시했다.

"달의 신전에 연락을 넣거라. 프레이어 루멘트라면 기꺼이 협조해 주겠지."

프레이어 루멘트는 이나시우스 교국에서도 손꼽히는 성전사이며, 여태 수많은 루스클란의 후예를 심판한 이단심문관이었다.

거울 속 사내가 떨떠름한 표정을 지었다.

"…굳이 그의 힘까지 빌릴 필요가 있을까요? 상대는 고작 투사급입니다만……."

브륜딜이 고개를 저었다.

"이계의 마물이 소환되는 순간, 상아탑의 마법은 무용지물이 된다. 만약의 사태는 언제나 대비해야 하는 법이지."

상아탑주의 명령은 절대적이다. 거울 속 사내가 순순히 고개를 끄덕였다.

"알겠습니다, 마기언 브륜딜."

환영식을 마친 다음 날부터 라텐베르크 사절단은 공식적인 외교 활동을 위해 바쁘게 움직였다.

시한 일행도 호위 임무를 위해 사절들 뒤를 졸졸 따라다녔다. 그리고 교국의 여러 고관들을 만났다.

애초에 켈테론이 시한 일행을 사절단의 호위 기사로 넣은 이유가 이것이었다. 사람들의 이목을 피하면서도 자연스럽게 교국의 상층부와 접촉할 수 있는 위치인 것이다.

그렇게 왕궁의 이모저모를 탐색한 지 사흘째.

"아, 이거 힘드네."

숙소로 돌아온 시한이 혀를 차며 소파에 몸을 던졌다. 마주 앉으며 제논도 고개를 끄덕였다.

"그러게 말입니다. 은근슬쩍 떠봐야 하니, 원."

교국 내의 정보를 염탐하는 것 자체는 별로 어렵지 않았다. 귀족들과 접하기도 쉬웠고, 또 회의가 진행되는 동안 교국 측 기사들과 이런저런 담소를 나누는 일도 흔했으니까.

그야말로 온갖 정보를 얻을 수 있었다. 현 이나시우스 교국의 정세며 귀족가의 세력 흐름, 심지어 무슨 백작 영애가 길거리 악사랑 눈 맞아서 도망갔다든가, 시녀들 중에 결혼도 안 하고 임신한 이가 있더라는 등의 잡스런 소문도 들었다.

하지만 정작 그 속에 시한 일행이 원하는 정보는 없었다.

성시한이 진정 알고 싶은 것은 저 가짜 카렌이 누구인지, 그리고 진짜 카렌은 어떻게 되었는지다.

그런데 뭐라고 물어봐야 할까?

"당신네 여교황, 진짜 카렌 맞아요?"

이렇게 물어보면 목 위쪽이 시원해지겠지. 신성 모독죄로 뎅겅 잘릴 테니까.

애초에 확인하기 굉장히 애매한 문제인 것이다.

"이렇게 두루뭉술하게 떠보고 다니는 정도론 한계가 있어."

팔짱을 낀 채 시한은 고민에 잠겼다. 역시 교국의 현지 귀족들과 친분을 쌓아 좀 더 깊숙하게 파고들어야 한다.

"디나의 친척이 이 동네 산다고 했었지?"

환영 파티장에서 만난, 바람기 많아 보이던 그 청년 귀족을 떠올리며 제논이 대꾸했다.

"아모스 백작가 말씀이시군요."

현재 알리타와 디나는 자리를 비운 상태였다. 월영관에 딸린 연무장에서 한창 검술 수업을 진행하는 중이다.

디나를 떠올리며 시한이 중얼거렸다.

"디나를 핑계 삼아 그쪽이랑 어떻게 접촉을 좀 할 수 있지 않을까?"

"별로 어려운 일은 아닐 겁니다."

머나먼 타국에서 친척이 찾아왔는데 명색이 귀족가에서 모른 척할 리가 없다.

"저희가 온 지 사흘 정도 지났으니, 아마도 저쪽에서 먼저 초대를 할걸요?"

"그래? 그럼 좋겠지만……."

미심쩍다는 얼굴로 시한이 뇌까릴 때였다. 마침 디나가 알리타와 함께 숙소로 돌아왔다.

"음? 벌써 수업이 끝난 건가?"

원래대로라면 한 시간은 더 수련해야 했다. 제논의 질문에 알리타가 대답했다.

"도중에 일이 생겨서요."

디나가 조심스레 입을 열었다.

"아모스 백작가의 브라이트 공자님으로부터 전갈이 왔습니다, 하이어 선."

금박으로 우아하게 치장된 초대장을 내밀며 그녀가 말을 이었다.

"타국의 귀족들과 친분을 쌓고 교류를 나누고자 저희 일행을 저택으로 초대한다고 하더군요."

놀란 눈으로 성시한은 제논을 돌아보았다.

'어? 정말 이 녀석 말대로 됐네?'

그것 보라는 듯 제논이 어깨를 으쓱였다. 시한이 테라노어의 귀족 문화에 익숙지 않아서 그렇지, 어느 정도 지위 있는 이라면 당연히 예상할 수 있는 수순인 것이다.

"그래서 다른 분들의 뜻은 어떠신지······."

보아하니 디나는 굉장히 초대에 응하고 싶은 눈치였다.

물론 고민할 필요도 없는 문제다. 바로 시한이 자리에서 일어났다.

"가자."

통상, 멀리서 온 손님을 초대할 땐 며칠씩 가문에 묵게 하는 것이 귀족가의 관례다. 자기 방을 바라보며 알리타가 말했다.

"그럼 짐을 싸둬야겠네요."

*　　　*　　　*

근사한 사두마차가 월영관 앞에 섰다. 아모스 백작가에서 보낸 마차였다.

아모스 백작 저택과 월영관은 모두 리자테리움 중앙 거리에 위치해 있다. 사실은 그냥 걸어가도 충분할 거리다. 하지만 귀족 가문에서 초대를 했으면 격식에 맞게, 이렇게 마차를 보내는 게 예법인 것이다.

마차 앞에서 화려한 백금발의 미남자가 일행을 기다리고 있었다. 그를 본 디나가 반색하며 인사를 건넸다.

"안녕하세요, 하이어 듀란?"

"다시 뵙게 되어 기쁘군요, 레이디 디나."

온화한 미소를 지으며 듀란이 화답했다. 디나의 얼굴이 발그레 물들었다.

"어머나, 레이디라니……."

명색이 귀족 딸, 레이디란 소리 처음 들어본 것도 아닐 텐데 어째 과하게 좋아한다.

시한이 작게 중얼거렸다.

"하긴, 저 나이 대 애들은 계집애처럼 미끈한 사내놈을 좋아하게 마련이지."

알리타가 황당하다는 듯 눈을 크게 떴다. 다른 사람도 아니고 성시한이 저런 말을?

시선을 느꼈는지 시한이 어리둥절하며 알리타를 돌아보았다.

"응? 왜 그렇게 보는 거야, 알리타?"

아무래도 본인은 별로 자각이 없는 듯하다. 표정을 관리하며 알리타는 애써 웃었다.

"아뇨, 아무것도."

아모스 백작가의 하인들이 일행의 짐을 받아 마차에 실었다. 듀란의 안내에 따라 시한 일행도 마차에 올라탔다.

마차는 거구의 제논과 마중 나온 듀란을 포함, 총 다섯 명이 타고도 공간이 넉넉할 정도로 컸다.

"이랴!"

마부의 채찍질과 함께 마차가 출발했다. 흔들리는 마차 속에서 조용한 대화가 오갔다.

듀란 그랜트, 올해로 24살인 그는 18살에 소드하이어가 되어 6년째 백작가를 섬기고 있다고 했다. 원래는 평민 출신이었으나 그의 실력을 눈여겨본 아모스 백작이 그를 거둔 것이다.

"저도 나름 실력에 자신이 있었습니다만, 하이어 제논과 비교하니 부끄러울 뿐이군요. 그 나이에 벌써 기사급이라니……."

"운이 좋았지요."

제논이 겸양을 표했다. 듀란이 고개를 돌렸다.

"하이어 선 역시 기사급이라 들었고……."

현재 성시한은 용병왕 바락의 후계자라는 신분 역시 감춘 상태였다.

혹시나 힘쓸 일이 벌어질 때 용병왕의 후계자라는 위장 신분을 드러내면, 이미 한 번 의문을 해소한 사람들은 또 다른 의문을 품지 않는 것이다. 이중 위장 신분이랄까?

그래서 대외적으론 제논과 비슷한 기사급의 경지라고 알리고 있었다.

감탄하며 듀란이 디나를 바라보았다.

"이런 강한 분들과 함께하니, 디나 양도 곧 훌륭한 기사가 되시겠군요."

"전 그리 재능이 없어서……."

디나는 얼굴을 붉혔다.

"아직 투기로 신체를 강화하는 법도 제대로 못 익혔는걸요……."

"서두를 필요는 없답니다."

듀란의 목소리가 부드러워졌다. 자상한 음성으로 기사의 가르침을 입에 담는다.

"검은 강해지기 위해 휘두르는 게 아닙니다. 명예를 위해, 소중한 이를 지키기 위해 휘두르는 것이지요. 강해질수록 지키기 쉬워지긴 하겠지만, 지금 약하다 하여 검을 휘두를 자격이 없는 것은 아니지요."

멋쩍어 하며 그는 빙그레 웃었다.

"물론 이렇게 말하는 저도 저 가르침을 제대로 지키는 건 아닙니다만, 하하하."

그리고 디나를 향해 온화한 눈빛을 보냈다.

"당신에겐 아직 많은 시간이 있어요. 충분히 강해질 겁니다, 레이디 디나."

진지한 얼굴로 디나가 고개를 끄덕였다.

"명심하겠습니다, 하이어 듀란."

참으로 훈훈한 분위기였다. 알리타와 제논이 참된 기사다운 모습이라며 호의 어린 눈으로 듀란을 바라보았다.

그리고 성시한은 웬 기생오라비가 어린애를 현혹시키고 있냐는 눈으로 듀란을 바라보았다.

'아우, 틀린 말은 아닌데 왜 이리 소름이 돋지?'

떨떠름해하는 시한의 표정을 힐끔거리며 알리타는 의아해했다. 어쩐지 아까부터 영 듀란이 마음에 들지 않는 듯하다.

'…동족 혐오인가?'

그러는 동안 어느새 마차가 아모스 백작가에 도착했다.

저택 입구에 백작가의 하인, 하녀들이 도열해 그들을 기다리고 있었다. 중년의 집사장이 정중히 인사하며 시한 일행을 맞이했다.

"아모스 백작가에 오신 것을 환영합니다, 라텐베르크의 기사 분들. 귀한 손님을 맞이하게 되어 영광입니다."

＊　　　＊　　　＊

아쉽게도 디나는 그녀의 이모를 만나지 못했다. 아모스 백작 부부는 영지 일 때문에 지방에 내려가 있었다.

그 점을 제외하면, 전형적인 귀족가다운 교류의 장이 이어졌다.

화려한 장식과 멋들어진 융단이 깔린 만찬실로 안내되었고, 훌륭한 저녁 식사를 대접받았다. 이후 브라이트와 듀란, 시한 일행은 다과실로 자리를 옮겨 이런저런 이야기를 나누기 시작했다.

디나의 전(前) 마스터에 대한 이야기가 나오자 브라이트가 고개를 저으며 말했다.

"하이어 파라멘께서 은퇴하셨다니 안타까운 일이구나, 디나."

"네, 그래도 일상생활에 지장이 있을 정도는 아니에요. 파라멘 백부님도 마침 좋은 기회라며 고향으로 돌아가셨고요."

그녀의 답변에 듀란이 잔잔한 눈빛을 보인다.

"마음고생이 많았겠군요. 여성 종자가 마스터를 찾기란 쉬운 일이 아닐 테니 말입니다."

"운 좋게도 전 훌륭한 마스터를 두 분이나 섬기게 되었지요."

알리타를 돌아보며 디나는 부드럽게 웃었다. 고위 귀족가의 영양다운 우아한 미소였다.

그래서 시한과 제논은 어색해했다.

'디나, 쟤가 저런 표정도 지을 줄 아네?'

'꽤나 저 친구가 마음에 든 모양인데요?'

은근한 눈으로 브라이트가 알리타를 돌아보았다.

"제 이종사촌을 거두어주신 것, 디나를 대신해 감사드립니다, 알리타 양."

"저야말로 그녀에게 많은 신세를 지고 있는걸요."

"하하, 무슨 말씀을. 디나가 훌륭한 마스터를 섬기게 되어 저도 행운이라 생각하고 있습니다. 그 나이에 투사급 소드하이어라면 실로 대단한 경지지요."

말하다 말고 브라이트가 힐끔 옆에 앉은 듀란을 향해 농담을 걸었다.

"하이어 듀란, 그대도 투사급 아니던가?"

"알리타 양보다 6살이나 많은 주제에 아직도 투사급이라 참으로 죄송하군요, 브라이트 공자님."

"아니, 자네를 탓하는 건 아니고 그냥 그녀가 대단하다고……."

듀란도 진짜 기분 나빠 하진 않았다. 이 둘은 어릴 적부터 함께 자라 형제나 다름없었다. 이 정도 농담쯤은 평소에도 스스럼없이 하는 것이다.

이후 디나의 어머니에 대한 안부, 라텐베르크 왕국의 분위기, 새로운 국왕에 대한 질문 등등 무난한 대화가 오갔다.

전체적으로 부드러운 분위기에…….

'…영양가 없는 대화구만.'

대충 분위기를 맞추며 시한은 속으로 투덜거렸다. 자신이 진짜 알고 싶은 것은 이런 잡다한 이야기가 아니라 현재 카렌의 정체에 대한 정보인 것이다.

하지만 그는 서두르지 않았다.

어차피 이 자리는 인맥을 쌓고 교분을 나누기 위한 자리였다. 일단 친분을 쌓고 나야 깊이 파고들든 말든 할 게 아닌가?

'첫날부터 본론 꺼내는 사람이 어디 있겠어?'

그런데 있었다.

첫날부터 본론을 꺼내는 사람이.

*   *   *

한창 대화가 무르익을 때였다. 웬 하녀 한 명이 다과실로 찾아와 브라이트에게 뭔가를 건넸다.

"도련님, 준비되었습니다."

"고맙네."

알록달록, 화려한 장미로 만들어진 꽃다발이었다. 뜬금없이 저건 왜 갖다 주나 싶어 시한 일행이 고개를 갸웃거렸다.

그런데 브라이트가 장미 꽃다발을 들더니 세상 그 누구보다도 진지한 얼굴로 알리타 앞에 섰다.

"알리타 양."

세상 그 누구보다도 진지한 목소리가 뒤를 이었다.

"당신을 처음 본 순간부터 제대로 잠조차 이루지 못했습니다."

"…네?"

눈을 동그랗게 뜬 알리타를 향해 꽃다발이 불쑥 내밀어진다.

"부디 당신을 좀 더 알 수 있는 기회를 제게 주지 않으시겠습니까?"

"…네에?"

공황 상태가 되어 그녀는 마냥 눈만 깜빡였다. 브라이트가 진한 목소리로 말을 이었다.

"진지하게 그대와 교제하고 싶다는 의미입니다."

어이가 없어 시한은 입을 쩍 벌렸다.

'아니, 지가 알리타를 몇 번이나 봤다고 대뜸 꽃다발질이야?'

뜬금없는 것도 정도가 있다. 아무리 내심 마음이 있다 해도 일단은 분위기를 좀 살펴보는 게 우선 아닌가?

제논과 디나도 황당해하며 숙덕거렸다.

'이렇게 신속한 프러포즈가 너희 집안 가풍이냐, 디나?'

'적어도 우리 엄마 쪽은 절대 아닌데요?'

당황한 시한 일행에 비해 아모스 백작가 쪽은 별로 놀라지 않은 듯했다. 아니, 오히려 익숙한 일이란 듯 듀란과 꽃을 들고 온 하녀가 귓속말을 교환하고 있었다.

'또 시작한 겁니까?'

'어쩌겠어요? 원래 그런 분인걸.'

그 와중에도 브라이트는 주위 반응 따위 전혀 신경 쓰지 않고 있었다. 그저 초지일관, 뜨거운 시선으로 눈앞의 알리타만을 바라볼 뿐이다.

"레이디 알리타……."

사랑을 갈구하는 청년의 목소리가 다과실에 은은하게 울려 퍼졌다.

"제 연인이 되어주시겠습니까?"

브라이트의 고백을 앞두고 알리타는 당황했다. 그러나 이

내 침착하게 마음을 가라앉혔다.

"감사합니다만, 브라이트 님."

심호흡을 한 뒤 또렷한 목소리로 입을 연다.

"당신의 호의를 거절할 수밖에 없는 저를 용서해 주세요."

가슴에 손을 얹으며 그녀가 차분하게 말했다.

"제게는 이미 정인(情人)이 있답니다."

이번엔 브라이트가 당황할 차례였다.

"예? 하지만 분명……."

그 역시 아무것도 모른 채 들이대진 않았다. 사절단에 미리 사람을 써, 그녀에게 따로 사귀는 이가 없다는 건 확인했던 것이다.

알리타가 고개를 저었다.

"외부에 알리지 않았을 뿐입니다. 전 오직 한 명의 기사로서 제 자신을 봐주길 원했습니다."

보고 있던 시한이 빙그레 웃었다. 순간적인 임기응변치곤 괜찮은 대응이었다.

'제법인데, 알리타?'

아모스 백작가의 심기를 거스르지 않고도 훌륭히 거절한 셈이다. 그냥 사귈 생각 없다고 했다면 상대의 자존심을 건드렸겠지.

과연, 브라이트도 분노하거나 하지 않았다. 그저 한없이 아쉬워할 뿐.

미련이 덕지덕지 묻은 목소리로 그가 물었다.

"그 행운아가 누구인지 여쭈어도 실례가 되지 않겠습니까?"

"아, 그게……."

살짝 당황하며 알리타는 말을 주저했다.

실은 아무 이름이나 대충 대면 될 일이었지만, 아쉽게도 그녀는 인간관계가 극히 옅다. 바로 딱 떠오르는 이름이 없었다.

자기도 모르게 알리타가 제논과 시한을 돌아보았다. 자연스럽게 브라이트 눈엔 그들 중 한 명이 정인이라는 제스처로 보였다.

"아, 혹시?"

알리타의 시선이 시한과 제논을 오락가락했다. 어쩌다 보니 둘 중 하나를 골라야 하는 형국이 되어버린 것이다.

고민은 길지 않았다.

그녀가 날름 성시한과 팔짱을 끼더니 배시시 웃었다.

"사실은 전 이분과 미래를 약속한 사이입니다."

순간 당황했지만 시한도 재빨리 연기에 동참했다.

"이거 부끄럽군요. 감춰서 죄송합니다, 브라이트 님."

"그, 그렇군요."

충격과 비탄에 빠져 브라이트가 어깨를 축 늘어뜨렸다.

"대단히 실례했습니다, 알리타 양……."

그리고 넋 나간 얼굴로 다른 일행을 돌아보았다.

"예의가 아닌 줄은 알지만, 잠시 자리를 비워도 되겠습니까?"

이 분위기에서 안 된다고 할 정도로 시한 일행은 모질지 않았다. 다들 맹렬히 고개를 끄덕였다.

브라이트가 헛웃음을 흘리며 걸음을 옮겼다.

"하, 하하하……."

비척비척 방문을 향하는데, 그야말로 나라 잃은 백성을 연상케 한다. 실로 안쓰러운 광경이었다.

듀란이 대신해 사과를 건넸다.

"실례했습니다. 저럴 줄은 알고 있었는데, 벌써 저럴 줄은 몰랐네요."

고개를 저으며 제논이 조심스레 물었다.

"원래 저런 성품이시오?"

상대가 귀족이니만큼 최대한 고상한 말투로 포장한 질문이었는데, 답변이 지나치게 담백했다.

"원래 저런 놈입니다."

그리고 한숨을 푹 내쉰다. 얼마나 이런 일이 흔했으면, 안타까워하는 표정 따윈 전혀 없고 한심해하는 기색뿐이었다.

잠시 후 듀란이 상황을 정리했다.

"곧 하녀들이 침실로 안내해 드릴 겁니다."

브라이트는 '잠시' 자리를 비운다고 했지만, 분위기를 보아 하니 다시 돌아올 일은 없어 보인다. 어차피 밤이 깊어서 잘 시간이 다 되기도 했다.

시한 일행도 자리에서 일어났다.

듀란이 달의 신전 특유의 고풍스런 인사말을 건넸다.

"그럼 좋은 밤 되십시오. 달빛이 여러분의 꿈에 깃들기를."

*　　　*　　　*

촛불을 든 하녀가 앞장서 방을 안내한다. 그녀의 뒤를 따라 화려한 복도를 걸으며 시한이 알리타에게 속삭였다.

"왜 나였어?"

어차피 선택지가 둘뿐이었으니 그냥 반반 확률이긴 하지만, 그래도 궁금하다. 왜 제논이 아닌 자신을 택했는지.

알리타가 단호하게 대답했다.

"근육 우락부락한 거 싫어요."

"그냥 그런 이유였냐?"

그 와중에도 취향은 확고했나 보다. 시한은 실소를 흘렸다.

"뭐, 잘했어. 혹시 그 친구랑 사귈 생각 있었던 건 아니지?"

"그럴 리가 없잖아요?"

광제의 딸로 태어나 평생 숨어 살아야 하는 그녀였다. 남들처럼 사랑을 한다? 그런 건 생각조차도 해본 적이 없다.

"혹시 이 일로 계획이 헝클어지진 않을까요?"

알리타가 걱정하며 물었다. 아모스 백작가와 친해진 뒤 좀 더 상세한 정보를 얻으려는 것이 성시한의 계획이었다.

시한이 고개를 저었다.

"다행히 잘 넘어갔잖아? 별문제 없어 보여. 저래 봬도 매너는 있어 보였고."

확실히 브라이트는 매너 있는 남자였다.

지나치게 매너가 넘쳐서 문제였지만……

"그럼 안녕히 주무십시오."

침실로 안내한 뒤 하녀가 저녁 인사를 건넸다. 멍한 얼굴로 알리타가 질문했다.

"이게 뭔가요?"

더없이 정중한 태도로 하녀가 대답했다.

"두 분의 침실입니다."

두 사람은 잠시 말문을 잃었다.

"……"

방문 너머로 우아한 침실의 정경이 보였다.

창문 밖의 달빛이 방 안을 비춘다. 벽에 걸린 촛대가 불빛을 드리워 은은한 분위기를 밝힌다.

방 한가운데엔 오크나무로 만든 커다란 침대가 놓여 있었다.

귀족가 저택다운 화려한 장식이 돋보이는 침대였다.

그렇다. 시한과 알리다 '각자의' 침실이 아니었다.

문도 하나고, 방도 하나고, 침대도 하나다!

"아니, 이건……."

"…저기요?"

당황한 두 사람을 향해 하녀가 태연하게 말했다.

"두 분을 위해 공자님께서 마련한 방입니다. 사정을 몰라 미처 배려해 드리지 못한 점, 사죄드린다 하셨습니다."

기가 막혀 시한이 멍한 표정을 지었다.

'아니, 결혼한 것도 아니고 그냥 사귄다고 한 건데 대뜸 한 방에 처넣는 건 또 무슨 매너래?'

심지어 하녀도 별로 이상하게 생각하지 않는 눈치다. 사귀는 연인들이라면 응당 한 침대에서 함께 자는 것이 당연하지 않느냐는 듯한 눈빛?

'어허! 남녀가 유별하고 법도가 지엄하거늘!'

…이라고 외치고 싶지만 여기는 테라노어, 남녀는 유별할지 몰라도 법도가 별로 안 지엄하다.

실제로 이 세계 귀족들 사이에선 그렇게 어색한 일도 아니었다. 이제 와서 방을 따로 달라고 하면 거짓말이 들통날 수도 있는 것이다.

'알리타?'

'시한?'

서로를 바라보며 시한과 알리타는 안절부절못했다.

두 사람이 난처해하든 말든, 하녀는 시종일관 진지한 자세로 방문 앞에 서 있었다. 타국의 귀한 손님이 침실에 들기 전까지 망부석처럼 저리 서 있을 것 같은 분위기였다.

분위기에 떠밀려 둘은 자기도 모르게 침실로 들어갔다.

방문을 닫으며 하녀가 한 번 더 정중하게 저녁 인사를 건넸다.

"달빛이 여러분의 꿈속에 깃들기를."

딸깍.

방문이 닫혀 버렸다.

딱히 열쇠로 잠근 것도 아닌데, 왠지 갇혀 버린 기분을 느끼며 두 사람은 멍하니 침실을 바라보았다.

특히나 방 한가운데 덜렁 놓인 저 화려하고 아름다운 침대를!

알리타를 돌아보며 시한은 어색하게 웃었다.

"하하, 어쩌지, 이제?"

침실을 한 차례 둘러보더니 알리타가 어깨를 으쓱거렸다.

"어쩌긴 뭘 어째요? 잘 시간 됐으니 자야지."

그러고는 태연하게 침실 구석으로 걸어간다. 구석엔 가림막이 놓여 있고, 그 위에 파자마 한 벌이 걸려 있었다.

"어머? 잠옷도 마련해 줬네?"

가림막 안쪽으로 들어가 그녀는 직접 옷을 갈아입기 시작했다.

귀족가 영양쯤 되면 옷 자체를 스스로 갈아입지 않지만 알리타는 기사, 일종의 준귀족 신분이다. 백작가 입장에서도 굳이 시중인까지 동원해 가며 갈아입힐 필요는 없는 것이다. 오히려 그쪽이 기사에 대한 무례이기도 하고.

시종일관 태연자약한 알리타를 보며 시한은 긴장을 풀었다. 생각해 보면 별로 어색할 것도 없었다.

'그래, 이런 일이 처음도 아니잖아?'

이미 카곤 시티에서 둘이 한방을 쓴 일도 있는 것이다. 물론 한침대를 쓴 건 아니지만.

게다가, 따지고 보면 성시한과 알리타는 첫 만남부터 서로의 알몸을 본 사이가 아니던가!

'이렇게 표현하니 뭔가 굉장히 기분이 요상하지만 말이지.'

틀린 말은 아닌데, 절대 맞는 말이라고 인정해도 안 될 것 같다.

'에잉, 모르겠다. 과민 반응할 필요 있나.'

신경 끄고 시한도 잘 준비를 했다.

뭐, 잘 준비라 해봤자 그냥 외투 벗고 신발 벗는 게 전부였다.

귀족가 여성들과 달리 테라노어 남성들은 귀족이든 평민이든 잠옷이란 개념 따위 없다. 입고 있던 평복 그대로 침대에 누우면 그것이 곧 잠옷이다. 귀족이 평민과 다른 점은 저 평복을 좀 더 자주 갈아입는다는 것뿐이다.

"잠이나 자자."

시한이 침대 위에 벌렁 누웠다. 과연 백작가의 고급 침대라 그런지 안락하기 그지없었다.

그러니까, 켈테론이 별채에 마련해 준 침대와 비슷한 수준?

'켈테론이 이래저래 신경 많이 써주긴 했구만.'

그때 옷을 다 갈아입은 알리타가 종종걸음으로 침실 구석으로 향했다. 테이블 곁의 작은 소파에 몸을 구기더니 그녀가 밤 인사를 건넸다.

"안녕히 주무세요."

"엥? 거기서 잘 거야?"

"나, 난 여기서 자면 돼요……."

살짝 얼굴을 붉히며 알리타가 말끝을 흐렸다.

'새삼스레 쟤가 왜 저래?'

시한은 당황했다. 이건 또 예상 못 한 일이었다.

'그렇다고, 괜찮으니 침대에 같이 눕자고 하기도 뭔가 말이

이상하지?'

시한이 침대에서 몸을 일으켰다.

"여자애를 그런 데서 재울 순 없지. 침대 써. 내가 그쪽으로 갈 테니까."

"아니에요, 전 여기도 충분히 편해요."

"넌 편할지 몰라도 내가 불편해."

"시한이 불편할 게 뭐가 있는데요?"

"명색이 남자인데 여자애를 소파에 구겨 넣고 잠이 오겠냐?"

너는 침대에서 자라느니, 나는 소파에서 자겠다느니 하며 두 사람은 한참 실랑이를 벌였다.

문득 알리타가 혀를 찼다. 이러단 잠 한숨 못 자고 날 샐 분위기였다.

"어휴, 됐어요. 그냥 같이 자요. 뭔 남자가 이렇게 까다롭담?"

"야, 그럼 여자애 새우잠 재우고 혼자 렘수면 취하는 남자가 대범한 거냐?"

"…렘수면이 뭔데요?"

"미안, 또 헛소리야."

*   *   *

두 남녀가 침대 위에 나란히 몸을 눕힌다.

성시한은 가볍게 손가락을 튕겨 촛대로 투기를 날렸다. 촛불이 꺼지며 어둠이 침실 안을 가득 감쌌다. 은색의 달빛이 창가를 통해 아련히 사물을 비쳐 갔다.

"그럼 잘 자."

애써 태연을 가장하며 그는 돌아누웠다. 하지만 잠이 오진 않았다.

등 뒤로 알리타의 심장 소리가 들리고 있었다. 평소에는 '두근두근'이더니 어째 지금은 '콩닥콩닥'에 가까운 리듬이었다.

힐끔 돌아보니 어째 그녀의 얼굴이 새빨갛다. 뺨을 콕 찌르면 붉은 물이 나올 것만 같다.

아무리 봐도 예전과는 태도가 전혀 달랐다.

'얘가 왜 이러지? 전에는 남자랑 한방 쓰든 말든 쿨쿨 잘만 잤으면서.'

거참 모를 일이다. 한숨을 쉬며 시한은 애써 무시하려 노력했다.

물론 불가능한 이야기였다. 원래 신경 끄려 하면 할수록 더 신경 쓰이는 게 사람 심리인 것이다.

'나까지 심란해지네, 이거.'

바로 곁에서, 절세미소녀가 부드러운 잠옷 한 벌만 입고, 한 침대에서 한이불 덮고 같이 누워 있는데 심란하지 않을 리가 있나?

결국 답답해진 시한이 도로 몸을 일으켰다.

"안 잘 거냐?"

기다렸다는 듯 알리타도 옆으로 데굴 구르며 일어났다. 머리를 긁으며 그녀가 어색하게 웃었다.

"오늘따라 잠이 안 오네요."

"뭐, 나도 안 오긴 하네."

알리타가 슬그머니 침대에서 빠져나왔다. 그리고 책장으로 향하며 연극 대사를 읊는 톤으로 어색하게 중얼거린다.

"아, 책이나 좀 보다 자야겠다."

원래 귀족가 침실에는 이런저런 책장이 놓여 있게 마련이다. 일종의 장식용이랄까? 그렇다 보니 알리타가 즐겨 보는 로망 계열 소설은 없고 대부분 고풍스런 장식이 붙은 서적들이었다.

두꺼운 책 하나를 꺼내 들고 그녀는 침대로 돌아왔다. 작은 등불을 침대 옆에 놓고 책을 펼쳐 든다.

시한이 혀를 찼다.

"어두운 데서 책 보면 눈 나빠져."

"야명기 발동시켜서 괜찮아요."

"그래도 밝은 게 낫지."

손가락을 까닥이며 시한이 마법을 발동시켰다.

"라이트."

열기는 없고 빛만 있는 마법의 등불이 둥실 떠올라 침대 위쪽을 밝혔다. 지구의 형광등이나 LED 전구와는 비교도 안 되지만, 일개 촛불이나 등불보다는 월등히 높은 광량이었다.

환해진 침실을 둘러보며 알리타가 부러워했다.

"역시 마법은 편하네요."

"마력 컨트롤만 익히면 너도 쉽게 할 수 있을걸?"

그녀가 들고 온 책은 혁명전쟁 시절의 이야기를 엮은 모음집류였다. 의외로 읽다 보니 제법 재미가 있었다.

단지, 그 재미가 독서로서의 재미는 아니었다.

"…제국의 육호장, 드로탄 장군과 검을 맞대고 이계구원자는 외쳤던 것이다. 광제의 업으로 인해 흘린 눈물이 만인의 피가 되어 흐르고 있다! 어찌 용서를 구한다 말이냐?"

소리 내어 책을 읽다 말고 알리타가 천연덕스럽게 물었다.

"정말 저렇게 외쳤어요?"

"그럴 리가 있겠냐!?"

"헤, 그렇구나. 그럼 이것도 지어낸 거겠네요? 충성이란 이름으로 죄악을 행한다면, 나는 그 충성이 곧 죄악이라 칭하겠다! 어우, 닭살 돋아."

"……"

"시한, 왜 대답이 없어요?"

"…그, 그 비슷한 소린 했었던 것 같기도……"

옆에 당사자가 있으니, 바로바로 확인하는 재미가 실로 삼삼하다. 싱글거리며 알리타는 계속 책장을 넘겼다.

그리고 성시한은 할 말 못 할 말 다 뱉어낸 과거의 자신을 저주하고 있었다.

'크억, 이게 바로 자다가 이불 뻥뻥 걷어차는 기분이란 거구나!'

뭐, 덕분에 어색한 분위기는 완전히 사라졌다.

열심히 '독서를 빙자한 성시한 놀리기'를 즐기며 그녀는 계속 책을 읽어갔다. 그러다 문득 호기심이 들었다.

진위야 어찌 되었건, 이계구원자가 혁명 6영웅과 함께 혁명군을 결집시키고 어떻게 제국과 맞서 싸워 광제를 물리쳤는지에 대한 이야기는 테라노어 전역에 퍼져 있었다.

그런데 이계구원자가 처음 테라노어에 떨어져, 광제에게 버려진 뒤 어떻게 힘을 키웠는지에 대해선 의외로 알려져 있지 않았다.

대부분 '숱한 고난과 역경을 딛고 일어섰다' 정도로 두루뭉술하게 전해질 뿐이다.

"응? 이 세계에 소환된 직후에는 어찌 되었냐고?"

알리타의 물음에 시한이 표정이 살짝 어두워졌다. 긴장하며 그녀가 조심스레 질문을 이었다.

"혹시 물어보면 안 되는 거였나요?"

"그런 건 아니고, 별로 재미있는 이야기가 아니라서."

검지로 관자놀이를 긁으며 시한이 대답했다.

"별거 없었어. 그냥……."

심드렁한 목소리가 흘러나왔다.

"사람 취급까진 바라지도 않으니, 개 취급이라도 해줬으면 좋겠다 싶었던 시절이었달까?"

*   *   *

회색빛 석벽으로 둘러싸인 석실. 도무지 용도를 알 수 없는 기괴한 도구들이 즐비한 어두운 공간이었다.

벽에 걸린 불빛 아래 반라의 소년이 비쳤다.

헝클어진 검은 머리칼에 더러운 피부. 팔다리는 사슬에 묶여 벽에 고정되어 있고 걸레 조각으로 국부만을 간신히 가린 비참한 모습이었다.

묶여 있던 소년이 힘겨운 호흡을 흘렸다.

"하아……."

정신이 흐릿했다. 온몸이 너무 아파 신음조차 제대로 나오지 않았다.

딱히 전신에 상처는 없다. 하지만 그렇다고 그가 멀쩡한 상태라는 의미는 아니다.

지난 한 달간, 소년은 온갖 이상한 실험에 시달려야 했다. 흰옷을 입은 정체 모를 사람들이 그의 몸을 쑤시고, 베고, 지독한 고통을 주며 떠들어댔다.

'이게 현세의 운명을 뛰어넘을 존재라고?'

'그냥 평범한 인간이 아닌가?'

'능력이 잠재되어 있는 것이 아닐까요? 좀 더 자극해 봅시다.'

'성과가 나오지 않으면 폐하께서 진노하실 텐데……'

그들의 언어는 한국어가 아니었다. 당연히 한국에서 온 소년은 하나도 알아들을 수 없었다.

그저 무지의 공포 속에서, 제발 살려달라고 비명을 지르고 눈물을 흘리며 애원했을 뿐.

그러나 그 대가로 소년이 얻은 것은 두꺼운 재갈뿐이었다.

'입 좀 막아, 그거 시끄럽네.'

'할 수 없지. 이 껍질은 그저 평범한 아이일 테니.'

'계속 진행하라. 분명 이 안에 위대한 신(神)이 내재되어 있을 것이다!'

오늘도 마찬가지였다.

저들은 시퍼런 빛 속에 소년을 집어 던졌다. 전신이 산 채로 불살라지는 것을 느끼며 소년은 목에서 피가 흐를 때까지 비명을 지르고 또 질렀다.

여전히 변화는 없었다.

흰옷을 입은 사람들은 실망하며 소년을 끄집어낸 뒤, 이상한 빛을 쏘아 상처를 지우고 어두운 감옥에 던져 놓았다.

싸늘한 한마디를 남긴 채.

"더 이상의 실험은 의미가 없군. 이 소년은 실로 무가치하다."

사슬에 묶여 축 늘어진 채 소년은 천장을 바라보았다.

상처는 지워졌지만 고통마저 지워진 것은 아니었다. 여전히 온몸이 두들겨 맞은 것처럼 욱신거리고 있었다.

소년, 성시한은 중얼거렸다.

"도대체… 뭐가 어떻게 된 거야……."

마지막으로 기억나는 장면은, 몰래 학교를 땡땡이치고 놀러 가던 중 갑자기 머리 위로 시꺼먼 뭔가가 덮치는 것이었다.

그 이후 이상한 장소, 이상한 사람들 앞에 서 있었다. 그것도 전신에 실 한 오라기 걸치지 않은 알몸으로.

직감적으로 이곳이 한국이 아니며 이들 역시 한국인이 아님을 알았다.

별로 파악하기 어려운 일도 아니었다.

거대한 궁성, 화려한 건물, 호화찬란한 이국적인 복장으로 돌아다니는 사람들. 사방에 그 흔한 전등 하나 보이지 않았다. 마치 영화의 한 장면에 들어온 것만 같은 비현실적인 공간이었다.

그래서 처음엔 무슨 납치라도 당한 줄 알았다. 인터넷에 떠도는 도시괴담처럼 약이 든 음료수라도 잘못 먹고 외국의 오지로 팔려왔다고 생각했다.

하지만 이젠 안다.

이곳은 한국이 아닐뿐더러, 지구조차 아니었다.

힘없는 시선이 감옥 창문을 통해 밤하늘로 향했다. 고향에선 볼 수 없는 저 거울 같은 은빛 달을 바라보며 한국에서 온 소년은 눈물을 흘렸다.

"흑, 흐윽……."

＊　　　＊　　　＊

석실 문이 열리며 한 사내가 모습을 드러냈다. 황금으로 치장된 화려한 의복을 걸친 오십 대의 중년인이었다.

중년인이 시한을 노려보며 물었다.

"결국 실패란 말이냐?"

붉은 로브를 걸친 한 사내가 중년인을 뒤따라 들어오며 대답했다.

"예, 폐하."

시한은 힘겹게 고개를 들어 그를 바라보았다.

'저, 저 사람은……'

익숙한 얼굴이었다. 이 세상에 떨어지고 제일 처음 봤던 그 남자다.

당시의 시한은 미처 몰랐지만, 그는 테라노어 전역을 지배하는 대제국 루스클란의 황제 루스타나드 2세였다.

묶여 있는 시한을 이리저리 살피더니 루스타나드 2세가 인상을 썼다.

지난 한 달간 이 이계인 소년의 진신(眞身)을 파악하기 위해 힘썼다. 황제의 명에 따라 별의 성지에서 온 프린들이 시한에게 각종 실험을 해왔다.

이계의 존재에게도 신의 힘을 빌리는 신성술은 통하는 것이다. 이계의 마물을 통해 이미 파악된 사실이었다. 어째서 마법이나 질병은 통하지 않으면서 신성술은 통하는지에 대해서는 아직도 명확한 이유를 밝히지 못했지만.

이 이계의 소년에게 현세를 초월할 권능이 감추어져 있다고 믿고 계속 공을 들였다. 그리고 결국 결론이 났다.

"그냥 평범한 인간일 뿐이었나."

황제 루스타나드는 불만스런 눈으로 묶인 시한을 노려보았다.

"제길, 이 의식을 위해 큰 희생을 치렀거늘……."

황족의 심장을 뽑아 제물로 바치는 의식은 절대 군주인 그에게도 부담이 큰일이었다. 혈족마저 희생시킨 황제의 광태에 다른 황족들의 반발이 없을 리 없다.

그렇게까지 했는데도 소환된 존재가 고작…….

"죽여라."

실망한 광제는 너무도 간단히 성시한을 버렸다.

"마물들의 식료통에라도 던져 놔. 한 끼 식사거리는 되겠지."

그때 시한을 살린 것이 광제의 조카, 적색 상아탑 출신의 마기언 스파르칸트였다.

"어차피 버리실 것이라면 제가 거두어도 되겠습니까, 폐하?"

"응? 이딴 걸 어디 쓰려고?"

"기대했던 존재는 아니지만, 어쨌거나 최초로 확인된 이계의 인간이 아닙니까? 뭔가 다른 특이한 발견을 할 수 있을지도 모르지요."

마기언 특유의 차가운 호기심을 보이며 스파르칸트가 히죽 웃었다.

"제가 좀 더 연구해 보겠습니다."

"마음대로 하게."

광제는 바로 승낙했다. 의식의 실패를 확인한 시점에서, 이계에서 온 하찮은 소년의 존재 따윈 그의 관심 밖이었다.

"황은에 감사드립니다, 폐하."

이후 성시한은 황궁 루스클라니움에서 스파르칸트의 별장으로 옮겨졌다. 그는 고위 황족답게 자신의 별장에 개인 연구실을 소장하고 있었다.

지옥이 이어졌다.

신성술에 의한 실험 대신, 스파르칸트는 온갖 다양한 약물을 동원해 성시한을 시험했다. 그리고 그때마다 뭔가를 기대한 듯 광기 어린 눈을 빛내고 이내 실망하며 욕설을 퍼부었다.

"이게 뭐야? 이계의 인간이라면 뭔가 좀 다른 점이 있어야할 것 아냐! 이건 그냥 아무것도 아닌 애새끼잖아?"

그 욕설은 순수한 아스틴 어였고, 그래서 성시한은 알아듣지 못했다. 하지만 하도 많이 들었더니 두 단어는 귀에 박혀버렸다.

나중에 테라노어의 언어를 배우고 나서야 그 단어들의 뜻을 깨달았다.

쓸모없는.

쓰레기.

실험이 계속 이어졌다. 그때마다 시한의 몸도 병들어갔다.

그나마 루스클라니움에선 프린들이 매일 치유술로 그의 몸을 회복시켜 주었다. 하지만 스파르칸트의 연구실에선 그런 것도 없었다.

부상은 낫지 않았고, 상처 위에 또 상처가 쌓였다. 끔찍한 학대 속에서 하루하루 죽음을 향해 걸어갈 뿐이었다.

성시한은 더 이상 울지 않았다.

눈물도 최소한의 삶의 의지가 남아 있어야 흐르는 법. 이미 흘릴 눈물조차도 남지 않았다.

"하하……."

그때 깨달았다.

"하하하……."

인간은 너무나 고통스러우면, 때론 웃음이 나온다는 것을.

"하하하하……."

＊　　　＊　　　＊

"지금 생각해 보면 용케 미치지 않았다 싶어."

알리타를 바라보며 성시한은 빙그레 웃었다. 그리고 고개를 갸웃거렸다.

"아닌가? 생각해 보면 그땐 이미 미쳐 있었을지도……."

알리타는 아무 대꾸도 하지 않았다.

너무 무거운 이야기였다. 감히 대꾸할 수가 없었다. 괜히 물어봤다는 후회만 계속 들고 있었다.

시한이 조용히 말을 이었다.

"릴스타인을 만나지 못했다면, 그대로 광인이 되어 삶을 마감했을지도 모르지."

*　　　*　　　*

한 사내가 시한을 내려다보며 부드럽게 말을 걸었다.

"네가 이계에서 온 소년이지?"

시한은 고개를 들었다. 죽은 자의 눈빛이 허공으로 향했다.

스무 살 정도로 보이는 여자 같은 얼굴의 청년이었다. 걸레나 다름없는 남루한 로브 차림, 제대로 씻지도 못했는지 전신이 더럽기 짝이 없다.

무심코 한국어가 흘러나왔다.

"…누, 누구?"

"역시 제국 말을 하지 못하는구나. 난 릴스타인이라고 해. 스승님의 명으로 이제부터 널 돌봐주게 됐어."

돌봐주라곤 했어도, 스파르칸트가 딱히 시한의 안위를 신경 써준 것은 아니다. 그냥 실험체가 좀 더 오래 버텨야 그만큼 연구도 지속할 수 있기 때문일 뿐이지.

하지만 청년의 목소리는 부드러웠다. 시한을 가여워하는 기색이 뚜렷했다.

이 지옥 같은 세계에 떨어져 처음 만난, 그에게 호의를 보내는 인간이었다.

"릴스타인? 이름? 당신?"

더듬더듬 주워들은 아스틴 어를 동원해 시한이 질문했다. 릴스타인이 놀란 표정을 지었다.

"어? 제국 말을 할 줄 알아?"

자신을 가리키며 릴스타인이 또박또박 말했다.

"릴스타인."

황궁과 달리 스파르칸트의 연구실에선 시한의 발목에 족쇄를 채우기만 했다. 덕분에 두 팔이 자유로운 성시한도 스스로를 가리켰다.

"성시한."

훗날 혁명 7영웅이라 불리며 테라노어의 운명을 바꿀 이들의, 첫 만남이었다.

＊　　　＊　　　＊

릴스타인은 테라노어 남부의 평민 출신이었다.

평범한 신분이었던 그가 마기언 스파르칸트의 제자가 된 것은 12살 때였다.

영지의 고용 마기언이 그의 마법적 재능을 알아보고 스파르칸트에게 소개했던 것인데 말이 소개지 실은 그냥 팔아넘긴 것이었다.

스파르칸트는 예전부터 재능이 뛰어난 어린아이를 수집하고 있었다. 그 사실을 영지의 고용 마기언은 알고 있었던 것이다.

12살에 강제로 집을 떠난 릴스타인은 스파르칸트의 제자가 되었다. 하지만 상식적인 의미의 제자는 아니었다.

스무 살이 다 되었지만 그의 마법 수준은 고작해야 제2층이었다.

마기언이 저 나이가 되도록 2층 주문까지밖에 못 익혔다면 재능이 바닥이라고 봐도 된다. 그리고 그렇게까지 재능 없는 아이를 굳이 돈까지 주면서 스파르칸트가 사들였을 리는 없다.

그의 스승은 단 한 줄의 마법도 가르쳐 주지 않았다.

그럼에도 릴스타인은 마법을 익혔다.

스스로 글을 터득하고, 어깨너머로 스승을 훔쳐보고, 연구실에 흩어진 지식의 파편을 주워 담아 자신만의 스펠 북을 창조하고 마법에 입문하기까지 했다.

실로 어마어마한 재능이었다. 제대로 된 스승이라면 매우 감탄하며 그 재능을 제대로 개화시켜 주었을 것이다.

하지만 스파르칸트는 제대로 된 스승도, 심지어 제대로 된 인간도 아니었다.

"참으로 좋은 소재를 손에 넣었군!"

그가 릴스타인을 사들인 이유는 자신의 연구를 버텨낼 실험체로 쓰기 위해서였다. 제자로 키울 생각 따윈 애초에 없었던 것이다.

무슨 연구인지는 모르겠지만, 그는 날마다 괴상한 시약을 만들고 그걸 릴스타인에게 먹인 뒤 반응을 보았다. 그때마다 그는 온갖 복통, 구토, 열병에 시달리며 괴로워했다.

"너도 나랑 같구나, 릴스타인."

사정을 알게 된 시한의 말에 릴스타인은 힘없이 웃었다.

이 이계의 소년과의 차이점은 그저 자신의 발목에는 족쇄가 없다는 것뿐이다. 비록 그보다 더욱 굳건한 운명이란 족쇄가 그를 구속하고 있었지만.

"약한 자의 운명 따윈 세상 어딜 가도 똑같아, 시한."

두 사람은 이내 친해졌다.

세상은 지옥이었다. 그 누구도 그들의 목숨을 소중히 여겨주지 않았다. 오직 서로를 제외하곤.

릴스타인을 통해 성시한은 이 세계의 언어를 배울 수 있었다. 이 세계의 관습을 배우고 상식을 배우며 삶의 의지를 불태울 수 있었다.

단 한 명이라도, 누군가 자신의 편이 있다는 것은 놀라울 정도로 큰 위안이었다.

매일 아침마다 일종의 의식처럼 인사말을 주고받는다.

"오늘도 죽지 마, 시한."

"오늘도 죽지 마, 릴스타인."

슬픈 인사말이었다. 하지만 두 사람은 그것이 슬프다는 사실조차도 알아차리지 못했다.

그렇게 성시한이 테라노어에 떨어진 지 석 달이 지났다.

*　　　　　*　　　　　*

스파르칸트의 마법 연구실.

그곳에서 광포한 마력의 폭풍이 불고 있었다.

콰콰콰콰쾅!

찬란한 빛무리가 연구실 곳곳을 파헤치며 파괴의 힘을 떨친다. 온갖 마법용 도구가 박살 나고 벽에 금이 가고 찬장이 무너진다. 지진이라도 난 것처럼 발밑이 끊임없이 요동친다.

"빌어먹을!"

날뛰는 마력의 폭풍을 바라보며 마기언 스파르칸트는 욕설을 흘렸다. 그의 시선이 폭풍의 중심으로 향했다.

이계에서 온 소년이 비명을 내지르고 있었다.

"으아아악!"

허공에 뜬 소년의 손발로 끝없이 마력이 뿜어져 나온다. 이 마력 폭풍의 원인은 바로 성시한이었던 것이다.

"이게 어떻게 된 거야? 벌써 마력이 이렇게 쌓였을 리가 없는데?"

실험을 통해 성시한에게 일부 마력이 주입되었을 거란 가설은 그도 세우고 있었다. 하지만 지금 보이는 마력 폭풍은 지나치게 강했다.

'아니면 혹시 이계의 인간은 우리보다 마력이 쌓이는 속도가 월등히 빠르기라도 한 건가?'

당황한 와중에도 스파르칸트는 기쁜 기색을 보였다. 드디어 쓸 만한 연구 결과가 나온 것이다.

연구 방향을 정했으니 계속 진행시키다 보면 상아탑에서도 인정할 놀라운 업적을 쌓을 수 있을지도 모른다!

'하지만 그것도 일단은 눈앞의 사태를 진정시킨 뒤의 이야기지.'

혀를 차며 스파르칸트는 계속 마법을 운용했다. 전력을 다해 마력 폭풍을 잠재우려 했지만 쉽지가 않았다.

그의 마법 경지는 무려 상아탑 제7층. 사실 마음만 먹으면 이런 마력 폭풍 따위 한 방에 날릴 수 있다. 하지만 그랬다간 성시한의 목숨도 같이 날아가 버리는 것이다.

"기껏 저 쓰레기 써먹을 방법을 찾았는데 여기서 날려 버릴 순 없지!'

전력으로 마력을 끌어올리며 스파르칸트는 고심했다. 그리고 잠시 후 방법을 찾았다.

"그래, 죽지만 않으면 되는 거잖아?"

그가 등 뒤로 소리쳤다.

"릴스타인!"

릴스타인은 연구실 구석에 숨어 벌벌 떨고 있었다. 그러다 스승의 목소리에 힐끔 놀라 몸을 일으킨다.

"네, 스승님!"

"내가 폭풍을 제어하겠다! 그동안 벽에 걸린 장검을 챙기거라!"

과연 스파르칸트가 전력을 다하자 잠시 마력 폭풍의 기세가 줄어들었다. 그 틈을 이용해 바닥을 기다시피 이동한 뒤 릴스타인이 장검을 쥐었다.

다시 스승에게 가까이 다가가 묻는다.

"이제 어떻게 할까요!?"

요란한 바람 소리에 섞여 스파르칸트의 외침이 돌아왔다.

"그걸로 저놈의 팔다리를 잘라 버려!"

릴스타인의 안색이 창백해졌다.

"…네?"

성시한의 마력 폭풍은 그의 손발, 사지 말단에서 터져 나오고 있었다. 주축이 되는 부분을 제거하면 잠시나마 이 폭풍이 가라앉을 것이다.

물론 그 결과로 저 이계의 소년은 팔다리 없는 처지가 되겠지만……

"머리랑 몸통만 있으면 죽진 않을 거 아냐? 그럼 실험하는 데는 지장 없다. 일단 안정시켜 놓고 아무 프린이나 불러와서 생명만 유지시키면 돼!"

소리치는 스파르칸트의 표정엔 일말의 주저함도 보이지 않았다.

그에게 있어 성시한은 같은 인간이 아니다. 단순한 실험체, 그 이상도 이하도 아닌 것이다.

그러나 릴스타인에겐 세상에 다시없는 유일무이한 친구.

"하, 하지만……"

감히 스승의 명을 거역할 순 없다. 그런 무서운 생각 따윈 꿈에도 해본 적 없다.

그렇지만 단 하나밖에 없는 소중한 친구에게 칼을 들이댈 수도 없다!

제자리에 선 채 릴스타인은 벌벌 떨었다. 스파르칸트가 악을 써댔다.

"빨리 안 하고 뭐 하는 거냐!?"

강제로 흐름을 제어하고 있자니 고위 마기언인 그도 역시 힘에 부쳤다. 그런데 제자란 놈이 명령을 안 듣고 늦장이나 부리고 있어?

"릴스타인!"

악다구니 같은 스승의 외침에 릴스타인이 무심코 움직였다.

한 손에 장검을 든 채 느릿느릿 걸음을 옮긴다. 사색이 되어 스파르칸트와 성시한을 번갈아 바라본다.

그 태도를 겁먹은 걸로 오해한 스파르칸트가 치를 떨었다.

"닭 모가지도 자르지 못할 심약한 놈 같으니! 당장 가서 저 놈을……."

그때였다.

스파르칸트의 가슴 위로 강철의 칼날이 불쑥 솟구쳤다.

순간 어이가 없어 스파르칸트는 눈을 크게 떴다. 일순간 상황이 이해가 되지 않았다.

"어?"

고통은 뒤늦게 찾아왔다.

"쿠, 쿨럭!"

피를 토하며 스파르칸트는 고통으로 얼굴을 일그러뜨렸다. 감히 릴스타인이 등 뒤에서 그를 찌른 것이다.

"네, 네놈이 감히……?"

손을 파르르 떨며 스파르칸트가 릴스타인을 가리켰다. 손 끝에서 마력이 모이며 파괴의 빛으로 화하기 시작했다.

'이대로라면 죽는다!'

정신이 번쩍 든 릴스타인이 손에 쥔 검에 힘을 주었다. 칼 날을 더더욱 깊숙이 박아넣으며 광기에 찬 외침을 터뜨린다.

"으아아아아!"

피가 솟고 또 솟았다. 스파르칸트의 얼굴이 악귀처럼 일그 러졌다. 그리고 그대로 그의 눈동자가 빛을 잃었다.

"……."

그제야 릴스타인은 기겁해 칼에서 손을 뗐다. 아직도 뜨거 운 선혈이 두 손 가득 흐르고 있었다. 살인의 촉감이 생생히 두 손을 타고 실감 나게 흐른다.

"아아……."

멍한 릴스타인의 정신을 들게 한 건 이어진 시한의 비명이 었다.

"으아아악!"

화들짝 놀라 릴스타인은 성시한을 바라보았다. 그는 여전 히 마력의 폭주에 휩싸여 비명을 지르고 있었다.

저대로라면 시한은 곧 폭사한다. 이미 피부 곳곳이 쩍쩍 갈 라져 피를 흘리기 시작했다.

"젠장!"

친구의 위기를 앞에 두고 릴스타인은 공포를 억눌렀다. 그리고 빠르게 머리를 굴렸다.

지금 시한의 문제는 날뛰는 마력을 본인이 무의식적으로 갈무리하려고 하기에 생기는 것이다.

'그렇다면?'

그냥 모든 것을 놓아버리면 해결되는 일이다. 이 연구실을 잃을 수 없는 스파르칸트는 미처 떠올리지 못했겠지만.

릴스타인이 고함을 터뜨렸다.

"제어하려고 하지 마, 시한! 그냥 그대로 마력을 쏘아 버려!"

성시한이 울상을 지으며 대꾸했다.

"무슨 소린지 모르겠어!"

릴스타인은 혀를 찼다. 너무 어려운 아스틴 어를 썼다. 좀 더 시한이 이해하기 쉽게 말해줄 필요가 있었다.

"전부 토해!"

이번엔 알아들었다. 시한이 두 손을 허공으로 든 채 고함을 터뜨렸다.

"으아아아아!"

멋대로 흐르던 마력 폭풍의 기류가 한곳으로 향하며 하늘로 흐르는 폭포가 되었다. 거대한 빛의 기둥이 연구실 천장을 모조리 날리며 솟구치기 시작했다.

$$* \qquad * \qquad *$$

"⋯다행히 릴스타인의 예측이 맞았지. 난 폭사하지 않았고, 대신 연구실이 박살 났다. 덕분에 외부로의 길도 뚫렸고."

시한과 릴스타인은 바로 도망쳤다. 당연히 추격대가 붙을 것이기에 인적 드문 험준한 산길만을 골라서.

"그 와중에 무리에서 떨어진 이그니스 울프를 만나 죽을 뻔 했는데, 이거야 별로 중요한 이야기는 아니고……."

잔잔한 음성으로 성시한은 이야기를 이었다.

"근처에 마델론 시라고 중소도시가 하나 있더라. 일단 거기 숨었어. 그리고 어쩌다 보니 그쪽 건달 조직에 몸을 담게 되어서 뭐, 무술도 배우고 그랬지."

알리타가 한숨을 쉬었다.

"놀라운 이야기네요. 시한이야 그렇다 치고 적색의 릴스타인이 스무 살이 될 때까지 고작 2층 마기언에 불과했었다니."

"그야 배운 게 없었으니까. 이후엔 릴스타인도 빠르게 성장했어. 애초에 재능은 넘치는데 지식이 차단되어 있을 뿐이었거든. 어깨너머로만 2층 마법까지 익힌 녀석이었으니, 제대로 마법을 배운 후론 발전 속도가 무시무시했지."

말하다 말고 시한은 힐끔 밤하늘을 보았다. 떠들다 보니 꽤나 밤이 깊었다.

"그 이후로도 많은 일이 있긴 했지만, 그거 다 떠들다간 날 새겠지?"

알리타는 숨을 몰아쉬었다. 너무 집중해서 들은 나머지 숨 쉬는 것도 잊은 기분이었다.

"그렇겠네요."

그녀는 도로 책을 책장에 꽂았다. 그리고 자연스럽게 침대로 돌아와 누웠다.

다시 두 사람이 한침대를 쓰는 모양새가 되었지만 아까처럼 어색한 기분은 들지 않았다. 그런 분위기를 느끼기엔 이야기가 너무 무거웠다.

시한이 마법의 등불을 거뒀다. 어둠이 두 사람 위로 내려앉았다.

차분해진 목소리로 알리타가 인사를 건넸다.

"안녕히 주무세요, 시한."

나직한 대꾸가 들렸다.

"응……."

어둠 속에서 알리타는 눈을 감았다. 하지만 쉽게 잠들 순 없었다. 시한의 이야기가 뇌리를 계속 맴돌고 있었다.

'하아……'

어째서 성시한이 그토록 배신감에 몸부림치는지 이해할 수 있을 것 같았다.

저 시절의 시한에게 릴스타인의 존재는 단순한 우정을 넘어서, 지옥 밑바닥에 비친 한 줄기 구원의 빛이었을 것이다. 릴스타인 역시 마찬가지였겠지.

'어떻게 저런 친구를 배신할 수 있었을까?'

가라앉은 눈빛으로 알리타는 곁에 누운 시한을 힐끔거렸다. 이미 잠이 든 것인지 아까부터 숨소리가 고요했다.

참 잘도 잔다. 옆에 알리타가 누워 있다는 인식 따윈 하나도 없어 보인다.

문득 그녀의 표정이 미묘해졌다.

'아무리 그래도 나도 여잔데, 이렇게까지 태연하게 잠들어 버리는 것도 좀……'

아니면, 대륙 최고의 미녀 중 한 명인 씨프 퀸 레비나에 비하면 알리타는 그냥 어린애일 뿐이라는 걸까?

'칫.'

알리타가 뾰로통 입술을 내밀었다.

시한이 신사적인 태도로 그녀를 대해주는 건 분명 고맙지만, 너무 신경 쓰지 않는 것도 살짝 자존심이 상한다.

'아니, 그렇다고 신경을 쓰면 그게 더 문제잖아?'

그녀는 고개를 도리도리 흔들었다.

야밤에 부끄럽게 이게 뭔 헛짓인지 모르겠다. 상대방은 아무 관심 없는데 왜 혼자 난리람?

'아웅, 쓸데없는 생각 말고 얼른 자야지.'

이불을 덮고 알리타는 애써 잠을 청했다. 적막이 침실을 흘렀다.

얼마나 시간이 지났을까? 그녀가 점점 잠에 빠져들던 무렵이었다.

갑자기 이불이 들썩거렸다. 동시에 시한이 슬그머니 몸을 일으킨다.

'…!?'

놀라 잠이 확 달아났다. 긴장하며 알리타는 고개를 돌렸다.

그리고 한 번 더 놀랬다.

'어머?'

시한이 무섭도록 진지한 얼굴로 그녀를 내려다보고 있었다. 긴장한 눈빛으로, 누워 있는 알리타를 응시하며 입술을 연다.

"알리타."

심지어 목소리도 은근한 중저음이었다.

'이, 이 인간이 갑자기 왜 이래?'

화들짝 놀란 알리타가 괴상한 대꾸를 흘렸다.

"…뉘에?"

시한의 단정한 얼굴이 서서히 다가온다. 중저음의 목소리가 이어진다.

"지금 잠이나 자고 있을 때가 아니야."

"무, 무슨 소리예요? 밤이잖아요? 잠이나 자고 있어야죠?"

너무 당황해 문법에도 안 맞는 말이 마구 튀어나온다.

알리타는 자신의 부주의를 한탄했다. 아! 결국 시한도 남자
였구나.

"……?"

시한이 고개를 갸웃거렸다.

"왜 이래? 잠이 덜 깼나?"

중얼거리며 그가 창가 쪽으로 턱짓을 했다.

"포위됐어."

순간 알리타의 분위기도 일변했다. 삽시간에 눈빛이 차가워
지더니 예리한 시선으로 창밖을 노려본다.

"몇 명인가요?"

"크론 리자테의 프레이어가 하나, 소드하이어가 둘, 마기언
이 넷. 기운이 옅어서 병사들 숫자까진 잘 모르겠다. 하지만
최소 백은 넘어 보여. 저택을 중심으로 포위망을 갖춘 상태
다."

더 이상 외간 남자와 한이불 덮고 긴장하는 소심한 소녀의
모습은 없었다. 소리 없이 알리타가 침대를 빠져나와 창틀 곁
에 찰싹 붙었다.

창밖을 살펴보며 그녀가 인상을 썼다.

"여기선 잘 안 보이네요."

"하지만 포위된 건 분명해."

알리타가 고개를 끄덕였다.

"전투 준비를 해야겠네요."

저들이 무슨 목적으로 이 아모스 저택을 포위했는지는 아직 모른다. 하지만 만일을 대비할 필요가 있다.

곧바로 알리타는 벗어놓은 전투복으로 향했다. 그리고 입고 있던 하늘거리는 잠옷을 홀렁 벗어버렸다. 늘씬한 나신이 달빛 아래 확연히 비쳐졌다.

'캑!'

당황하며 성시한은 시선을 돌렸다.

'쟤 또 시작이네……'

아니, 바로 옆에 가림막 있는데 왜 굳이? 게다가 아까까진 한 침대에 눕는 것만으로도 그렇게 부끄러워했었잖아?

'도무지 이해를 못 하겠네.'

하지만 알리타는 전혀 신경 쓰는 기색이 아니었다. 마치 보이지 않는 스위치라도 켜진 듯, 시한이 보든 말든 신속하게 옷을 갈아입을 뿐이었다. 표정 역시 냉정하기 그지없다.

'조금 전까진 참 귀여웠는데……'

살짝 실망하며 시한은 속으로 혀를 찼다. 그리고 실망한 자신을 자각하고 황당해했다.

'…뭘 실망하는 거야, 나?'

어쨌거나 성시한도 전투복으로 갈아입었다.

알리타와 달리 그는 평복 차림으로 침대에 누웠다. 굳이 옷 벗을 일 없이 그냥 위에 전투복을 덧입기만 하면 된다.

두 사람 다 빠르게 환복 후 무장까지 갖췄다. 그리고 복도로 뛰쳐나왔다.

시한이 제논에게, 알리타가 디나의 방으로 향했다.

이미 제논도 이변을 알아차리고 갑옷을 갖춰 입던 중이었다. 검을 등 뒤로 차며 그가 물었다.

"역시 눈치채셨군요. 알리타를 노리는 놈들일까요?"

"모르지. 하지만 만반의 준비는 해둬야 하지 않겠어?"

디나는 그냥 쿨쿨 자고 있었다. 알리타도 미처 눈치 못 챈 포위망을 그녀가 알아차렸을 리가 없으니까.

"디나, 디나."

알리타가 디나를 흔들어 깨웠다. 졸린 눈으로 그녀가 멍하니 물었다.

"어머, 마스터? 무슨 일이에요?"

"저택 분위기가 심상치 않아. 무장을 갖춰."

"네, 넵!"

잠결에도 상황의 심각함을 파악하고 디나는 바로 몸을 일으켰다. 허우적대면서도 재빨리 갑옷을 장비하고 검을 챙긴다.

전투 준비를 갖춘 뒤 네 사람은 그대로 저택 현관으로 달려갔다.

＊　　　＊　　　＊

무수한 횃불이 거대한 저택을 포위하고 있었다. 모두 이나시우스 교국의 정예병들이었다.

포위망 속에 두꺼운 중갑 차림의 건장한 사십 대 사내와 검은 로브를 걸친 삼십 대의 마기언이 보였다.

교국의 명성 높은 성전사, 이단심문관 루멘트와 흑색 상아탑의 할란이었다.

아모스 저택 입구를 향해 걸어가며 할란이 루멘트에게 물었다.

"이렇게까지 과한 병력을 동원할 필요가 있었을까요, 프레이어 루멘트?"

몇 차례나 루스클란 탐색 임무를 맡아 본 그는 현실을 알고 있었다.

이제껏 붙잡은 루스클란 혈족 중 실제로 이계의 마물을 부를 정도로 강력한 이는 하나도 없었다. 아니, 아예 이차원에 손을 뻗은 자조차도 존재치 않았다.

루스클란의 이계 소환술은 사라졌다. 남은 건 핏속에 희미하게 남아 있는 조상의 힘을 미처 제어하지 못해 무심코 힘을 흘리는 경우뿐이다.

"고작해야 투사급 소드하이어 하나를 잡기 위해 이 정도 병력을 동원하는 건 좀……"

루멘트가 무뚝뚝하게 되물었다.

"그 머나먼 상아탑에서 감지할 정도면 충분히 강력한 기운이 아니오? 혹여 상대가 이계의 마물을 부린다면 이 병력도 과한 것이 아니지."

"그게, 저주받을 루스클란의 혈통을 찾기 위해 상아탑에서는 차원 변동 감지 마법을 최고 감도로 발동시켰습니다. 사소한 이계 소환술이라도 거창하게 느껴질 테지요."

비유하자면, 산들바람과 태풍을 구별하지 못하는 경우랄까?

할란의 말에 루멘트가 확신에 찬 표정을 지어 보였다.

"즉, 태풍이 불어도 상아탑은 그걸 산들바람으로 착각한단 소리군. 더더욱 만반의 준비를 갖추길 잘했다는 생각이 드오."

루멘트의 말도 틀린 건 아니다. 확실히 준비가 철저해서 나쁠 것은 없다. 단지, 그만큼 비용이 더 깨질 뿐이지.

'그리고 그 비용은 흑색 상아탑이 대잖아!'

하지만 이미 이렇게 된 마당에 루멘트의 비위를 거슬러 득될 것도 없었다. 할란이 대충 말을 얼버무렸다.

"하긴, 설사 상대가 정말로 이계의 마물을 불러낸다 하더라도 이 정도 전력이면 아무 문제 없겠군요, 하하."

저택 입구엔 이미 브라이트 공자며 하이어 듀란, 그리고 시한 일행이 모두 나와 있었다.

다가오는 루멘트를 향해 브라이트 공자가 소리쳤다.

"이게 도대체 무슨 짓입니까?"

야밤에 너무 황당한 일을 당한 탓인지 공자의 목소리는 부들부들 떨리고 있었다. 그를 대신해 듀란이 위엄을 담아 소리쳤다.

"이곳은 아모스 백작가, 달의 신전과 크론 리자테의 권위를 섬기는 곳이오! 어찌 프레이어께서 이런 무도한 일을 하신단 말이오?"

루멘트가 콧방귀를 뀌었다. 실로 무례한 태도였다.

"흥!"

브라이트 공자의 안색이 굳었다.

프레이어 루멘트는 원래 저렇게 무례한 인간이 아니다. 오히려 무인답지 않게 점잖은 성품이라는 평을 받고 있다.

그런 그가 저런 태도를 보이는 경우는 하나뿐이다.

"저주받을 루스클란의 후예를 숨기고도 달의 신전을 입에 담는가! 참으로 불경하도다!"

경악이 사람들의 표정 위로 지나갔다. 시한과 제논의 표정이 딱딱하게 굳었다. 알리타의 안색이 창백해졌다.

'역시 들켰어.'

그녀의 오른손이 슬그머니 허리춤의 검으로 옮겨졌다. 동시에 도주로를 파악하며 저택 사방을 훑어본다.

정면을 똑바로 응시하며 루멘트가 소리쳤다.

"도망칠 곳 따윈 없다, 죄악의 혈족이여!"

순간 알리타는 당황했다.

'…어?'

루멘트는 그녀를 노려보고 있지 않았다.

그의 시선은 알리타가 아닌, 옆에 선 백금발의 이십 대 청년에게 향하고 있었다.

"얌전히 항복하라! 듀란 그랜트! 아니……."

루멘트가 청년의 진정한 이름을 외쳤다.

"듀그란트 델 루스타나드 루스클란!"

Chapter 5

루스클란의 후예

듀그란트 델 루스타나드 루스클란.

고귀한 혈통의 남성을 의미하는 '델', 아버지의 이름 '루스타나드', 조상의 성 '루스클란'이 조합된 명칭이다.

"…듀란?"

브라이트가 멍한 얼굴로 듀란을 돌아보았다. 시한 일행 역시 마찬가지였다.

모두의 시선이 한곳으로 모였다. 듀란의 머리칼, 달빛을 받아 화려하게 빛나는 백금발을 향해서.

"무, 무슨 말씀을 하시는 겁니까?"

어색하게 웃으며 듀란은 손사래를 쳤다.

"제가 브리안 족의 피가 섞이긴 했지만 그렇다고 루스클란이라니요?"

루스클란 황족이 원래 브리안 인종이니만큼 백금발이 많긴 하지만, 그렇다고 백금발을 지닌 이가 전부 루스클란인 건 아니다. 황족이 아닌 브리안 족도 수없이 많다.

'하긴, 조선의 왕족이 모두 흑발이라고 흑발이 모두 조선의 왕족인 건 아니잖아?'

시한이 미심쩍은 표정을 지었다. 브라이트도 믿을 수 없다는 듯 말을 이었다.

"뭔가 착오가 있는 것 같습니다, 프레이어 루멘트. 백금발이란 이유만으로 루스클란이면 여기 알리타 양도……."

순간 알리타가 흠칫거리긴 했지만 딱히 이상하게 여기는 이는 없었다. 죄가 있든 없든 지적당하면 보통 놀라는 쪽이 정상이니까.

듀란을 향해 루멘트가 호통을 쳤다.

"아직도 부인할 셈인가?"

마기언 할란이 차분한 목소리로 말했다.

"정녕 자신의 무고함을 증명하고 싶다면 순순히 투항하라. 이단심문회에서 진실이 밝혀질 것이다."

디나가 흔들리는 눈빛으로 듀란을 돌아본다.

"…하이어 듀란?"

"저는……."

말을 잇다 말고 갑자기 듀란이 검을 뽑아 들었다. 동시에 옆에 서 있던 브라이트를 붙잡아 목에 칼을 가져갔다.

"모두들 움직이지 마!"

조금 전의 부드러운 표정은 온데간데없고, 악귀 같은 일그러진 얼굴이 그 자리를 대신했다. 다들 놀라 제자리에서 굳었다.

브라이트가 벌벌 떨었다. 서늘한 칼날의 감촉이 너무도 현실적으로 목에 와 닿고 있었다.

"듀, 듀란?"

듀란은 대꾸하지 않았다. 브라이트를 제압한 채 차가운 시선으로 주위를 둘러볼 뿐.

"귀하신 아모스 백작가 후계자의 목이 떨어지는 꼴을 보고 싶진 않으시겠지?"

검을 뽑아 들며 루멘트가 코웃음을 쳤다.

"흥! 인질극 따위가 통할 것 같으냐?"

지난 십 년간 상당수의 루스클란 혈족을 붙잡아온 그였다. 인질을 붙잡아 상황을 모면하려는 경우도 얼마든지 있었다.

그리고 그때마다 루멘트는 인질부터 먼저 베어버리곤 했다.

"소용없는 짓이다! 저주받을 루스클란의 후예여!"

검을 든 채 루멘트가 앞으로 나섰다. 차가운 살기가 그의 전신을 맴돌기 시작했다.

마기언 할란이 기겁하며 그를 말렸다.

"곤란하오, 프레이어 루멘트! 상대는 아모스 백작의 아들이오!"

인질도 인질 나름이다. 아모스 백작은 교국에서도 위세 높은 귀족, 그 후계자를 베어버리는 것은 후환이 너무 크다.

'아차, 이런 상황도 미리 예측했어야 하는데.'

자신의 부주의함을 탓하며 할란은 루멘트의 앞을 가로막았다. 루멘트가 멈칫하며 걸음을 멈췄다.

그 틈에 듀란이 브라이트를 붙잡은 채 슬금슬금 뒤로 빠졌다. 주위를 둘러보며 그가 투덜거렸다.

"나 참, 어떻게 알았지? 엄청 조심했는데."

"정말이야, 듀란? 네가 루스클란이라고?"

브라이트는 아직도 믿을 수 없다는 표정이었다. 6년 전 듀란을 만난 이래, 친형제처럼 함께했던 그였다.

듀란이 인상을 쓰며 뇌까렸다.

"닥치시지, 백작 공자. 실수로 베일 수도 있으니까. 모가지에 철갑 두른 것도 아닐 거 아냐?"

진득한 살기, 당장이라도 자신의 목을 베어버릴 것 같은 흉악함이 느껴진다.

"다들 물러서!"

듀란의 호통에 포위망을 구축하던 병사들이 주춤거리며 뒤로 물러섰다. 듀란이 저택 밖으로 향할 때까지 그들은 아무것도 하지 못하고 인상만 쓰고 있었다.

"젠장!"

"저런 비겁한 놈 같으니……."

이윽고 듀란이 정문까지 이동했다. 힐끔 등 뒤, 어두운 밤거리를 보더니 나직하게 귓속말을 건넨다.

'죄송합니다, 공자님. 하지만 이걸로 아모스 백작가가 의심받거나 할 일은 없을 겁니다.'

"…듀란?"

브라이트가 눈을 동그랗게 떴다. 남에게 들리지 않게 듀란이 말을 이었다.

'그동안 감사했습니다. 다른 분들께도 안부 전해주세요.'

갑자기 듀란이 브라이트를 강하게 떠밀었다. 브라이트가 볼품없이 바닥을 데굴데굴 굴렀다.

"타앗!"

투기를 끌어내며 듀란은 몸을 날렸다. 단숨에 저택 정문을 뛰어넘어 어둠이 깔린 밤거리로 향한다.

루멘트가 분노에 찬 고함을 터뜨렸다.

"쫓아라! 절대 놓쳐서는 안 된다!"

병사들이 우르르 듀란을 따라 밤거리로 달려 나갔다. 흑색 상아탑의 마기언과 교국의 소드하이어들도 마법과 투기술을 발동시키며 듀란을 쫓기 시작했다.

그동안 시한 일행은 제자리에 서 있기만 했다. 이 상황에서 그들이 뭘 해야 할지 일순 판단이 안 선 탓이다.

디나가 멍하니 중얼거렸다.

"하이어 듀란이… 저주받을 루스클란이었다고?"

그때였다. 갑자기 말도 없이 알리타가 앞으로 달려 나갔다.

"알리타?!"

놀란 성시한을 뒤로한 채 그녀는 계속 달렸다. 질풍기를 발동시키며 밤의 어둠을 질주해 간다.

당황하며 시한도 알리타의 뒤를 쫓았다. 등 뒤로 짧은 외침을 남기면서.

"제논! 디나 좀 챙겨!"

"알겠습니다!"

시한의 의도는, 자신과 알리타가 자리를 비울 동안 제논이 디나를 보호하고 있으라는 의미였다.

그런데 제논이 너무 고지식하게 해석했다.

"꽉 잡아라, 디나."

디나의 허리춤을 그대로 안아 들고서, 자신도 투기를 발동시켜 맹렬히 시한의 뒤를 쫓아간다. 정말 명령 그대로 '챙겨' 버린 것이다.

"꺄아아아아······!"

여자아이의 비명이 밤거리 위로 길게 늘어졌다.

허겁지겁 알리타를 뒤쫓으며 성시한은 정신을 집중했다. 저 멀리 추격당하는 듀란의 기운이 느껴졌다.

'진짜 루스타나드의 핏줄이었나?'

듀란의 미끈한 얼굴을 떠올리며 시한은 속으로 혀를 찼다.

'쩝, 어쩐지 묘하게 거슬리더라니.'

어째서 듀란을 처음 볼 때 반감부터 들었는지 이해가 갔다. 얼굴이 낯설지 않았던 것이다.

'워낙 인상이 착해서 미처 못 느꼈는데······.'

닮았다.

광제 루스타나드와.

지독한 악명 때문에 광제는 민간에선 무슨 삼두육비의 흉악한 괴물처럼 여겨지곤 한다. 하지만 사실 그는 젊은 시절 상당한 미남자였고, 50이 넘은 나이에도 중후한 미중년이었다.

딱히 이상한 일도 아니다.

제국이 테라노어 전역을 통치한 것이 자그마치 천 년. 그동안 대륙의 온갖 미녀란 미녀는 다 잡아먹은 루스클란 혈통에는 대대로 미남 미녀가 많았다.

지구의 왕실 같은 경우라면, 정략결혼으로 서로의 얼굴도 안 보고 결혼하는 경우가 많아 반드시 조상의 미모가 전해진 다고 할 수만은 없다.

하지만 루스클란 황가는 황족 자신이 강력한 무력, 이계소 환술을 지닌 이들이었다. 지구만큼 정치적, 외교적 측면을 중 시할 필요는 없으니 상대적으로 귀족의 눈치를 볼 필요도 없 었다.

즉, 아무리 가문을 중시해도 일단은 마누라 얼굴 보고 뽑 을 수가 있는 것이다.

게다가 평소 몸에 좋은 것만 골라 먹지, 꼬박꼬박 피부 관 리 받지, 정기적으로 신전에서 건강 체크해 주지, 황제쯤 되면 어지간해선 못생기기도 힘들다.

'안 그러면 아무리 엄마 쪽이 절세미녀라도 알리타가 저 정 도 미소녀로 컸을 리가 없지.'

성시한은 이내 알리타를 따라잡았다. 그녀는 질주를 멈추 고 어두운 사거리 한쪽 편에 서서 상황을 지켜보고 있었다.

루멘트는 허투루 포위망을 구성하지 않았다. 저택을 포위하 던 병력 외에도, 혹시 모를 상대의 도주를 막기 위해 미리 거 리의 길목마다 병사들을 배치해 놓았다.

그 병사들이 도주하던 듀란의 앞을 막았다. 결국 추격을 떨 치지 못하고 사거리에서 포위되어 버린 것이다.

알리타에게 다가가며 시한이 책망했다.

"무슨 짓이야, 알리타? 갑자기 뛰쳐나가다니……."

"미안해요, 나도 모르게 그만……."

무슨 생각이 있어 뛰쳐나간 것이 아니었다. 그냥 몸이 먼저 움직였다.

알리타는 저 멀리 서 있는 듀란, 자신의 이복 남매인 백금발의 청년을 바라보았다.

여전히 그의 존재는 기억 속에 없었다.

당시 알리타는 너무 어렸고, 그녀의 형제자매는 너무 많았다. 그 많은 이들을 전부 기억할 순 없다.

하지만 이름만큼은 떠올릴 수 있었다.

'듀그란트……'

그녀의 어머니, 세라피나와 유독 친했던 갈렌족 미녀의 이름과 함께.

'…차이란의 아들.'

*   *   *

포위망 속에서 듀란은 덤벼드는 병사들을 상대하고 있었다.

절도 있는 동작으로 투기검을 휘두르며 차분히 날아드는

창칼을 걷어낸다.

"타앗!"

기합을 떨칠 때마다 덤벼드는 병사들이 팔다리에 부상을 입고 피를 흘리며 쓰러졌다. 하지만 죽은 병사는 없었다. 듀란이 일부러 급소를 피해 전투 불능만을 노린 것이다.

자비로운 선택이지만, 대가는 가혹했다.

죽을 걱정이 없는 병사들은 안심하고 덤벼들어 듀란의 발을 묶었다. 그 틈에 루멘트를 따라온 소드하이어들이 그를 따라잡았다.

통통한 인상의 삼십 대 기사가 듀란을 향해 소리쳤다.

"하이어 듀란!"

검을 휘두르다 말고 듀란이 그쪽을 바라보았다.

"…하이어 라오핀."

"이제 와서 도망칠 수 있을 것 같소? 그대의 정체가 백일하에 밝혀졌거늘!"

힐끔 하늘을 올려다보며 듀란이 헛웃음을 흘렸다.

"밤이잖아? 달떴잖아? 백일하(白日下)는 무슨……."

"스스로의 죄악을 반성하진 못할망정 조롱을 던지는가? 실로 저주받을 일족의 후예답구나!"

"그러니까 내가 무슨 죄를 졌냐고? 누군 그 인간 아들로 태어나고 싶어서 태어났나……."

불만스러운 듯 듀란이 입술을 삐죽였다. 투기검을 뽑아내며 라오핀이 돌진했다.

"닥쳐라!"

투기검과 투기검이 충돌하며 웅장한 굉음을 떨쳤다. 화려한 궤적을 남기며 두 소드하이어는 단숨에 십 수 번의 공방을 주고받았다.

"타앗!"

라오핀의 투기검이 듀란의 칼날을 쳐내며 머리를 노린다. 손목을 비틀어 간신히 공격을 흘리며 듀란은 식은땀을 흘렸다.

'제길, 역시 강하군.'

하이어 라오핀은 듀란과 같은 투사급 소드하이어였다. 하지만 그렇다 하여 둘의 실력이 동등하다는 의미는 아니다.

연배가 있고 수행한 기간도 긴 라오핀은 듀란보다 윗줄의 실력자였다. 초반엔 팽팽히 겨룰 수 있었지만 시간이 흐를수록 점점 듀란이 밀리기 시작했다.

'이, 이대론 안 돼.'

초조해하며 듀란은 주위를 살폈다.

프레이어 루멘트나 흑색 상아탑의 마기언도 금방 그를 따라잡을 것이다. 실제로 이미 두 명의 소드하이어는 벌써 도착한 후다.

듀란은 사거리 저편의 성시한과 알리타를 바라보았다.

다행히 저들은 아직까지 상황을 지켜보고만 있었다.

그러나 라오펀이 밀리면 보나마나 가세할 것이다. 루스클란 혈족을 만난, 테라노어에 사는 모든 이들이 그러하듯이!

'더 이상 지체하면 끝장이다.'

갑자기 듀란이 오른손을 앞으로 내밀었다.

허공을 쓰다듬으며 나직한 목소리를 흘린다.

"피어올라 눈을 가린다, 블러드 미스트!"

붉은 안개가 피어올랐다. 사방에 뿌려진 병사들의 피를 촉매 삼아 마법을 발동시킨 것이었다.

"마법인가?!"

당황한 라오펀이 방어 자세를 취하며 뒤로 물러섰다.

그 틈에 듀란이 몸을 날렸다. 시야가 제약된 병사들의 머리 위를 뛰어넘으며 다시 도주를 시도한다.

그때 거리 저편에서 날카로운 외침이 터졌다.

"플레임 스트라이크!"

시뻘건 불기둥이 내리꽂히며 가공할 열기를 토해낸다. 그뿐 아니라 땅 위를 타고 흐르며 거대한 불길의 벽을 형성해 듀란 의 도주로를 차단해 버린다.

흑색 상아탑의 마기언, 할란의 마법이었다.

"놈의 발을 묶었소, 프레이어 루멘트!"

불길에 가로막힌 듀란이 당황하며 주위를 두리번거렸다. 하지만 딱히 탈출로가 보이지 않았다.

"크론 리자테여, 힘을 주소서!"

여신의 가호를 외치며 중갑의 기사가 몸을 날렸다. 예리한 칼날 위로 은빛의 신성력을 가득 실어 상대의 머리를 내려친다.

"헉!"

놀란 듀란이 허겁지겁 투기검을 들어 막았다. 신성검이 투기검과 충돌하며 새하얀 빛을 사방에 흩뿌렸다.

콰앙!

굉음과 함께 투기 실린 장검이 박살 났다. 피를 토하며 듀란이 뒤로 날려갔다.

크론 리자테를 섬기는 고위 성전사인 루멘트는 족히 달인급 소드하이어와 맞먹는 실력자였다. 투사급 소드하이어로서는 감당할 수 없는 강자인 것이다.

쓰러진 백금발의 청년을 보며 할란이 쾌재를 터뜨렸다.

"수고하셨소, 프레이어 루멘트!"

그가 바로 마법을 준비했다.

"포스 케이지!"

마법의 창살이 쓰러진 듀란의 주위를 포위했다. 마치 빛의 새장에 갇힌 듯한 모습이었다.

그제야 할란은 안도의 한숨을 내쉬었다.

"휴우, 이걸로 한 놈 더 잡았군."

갇힌 듀란에게 다가가며 루멘트가 조용히 뇌까렸다.

"그대는 이단심문회에 회부될 것이다, 듀그란트. 아무리 죄 많은 루스클란의 혈족이더라도, 여신의 율법 앞에서 공정한 재판을 받을 권리는 있지."

"…판결이 무조건 사형이면서 그게 무슨 공정한 재판이란 말이오?"

듀란이 힘없이 항변했지만 루멘트는 신경 쓰지 않았다. 그가 등 뒤로 손짓을 했다.

"묶어라."

온갖 족쇄를 든 채 병사들이 우르르 몰려왔다. 포스 케이지에 갇힌 듀란을 포박하기 위해서였다.

그 모습을 지켜보며 듀란은 힘없이 한숨을 내쉬었다.

"휴우, 어쩔 수 없나, 이러고 싶지는 않았지만……."

갑자기 오른손을 머리 위로 든다. 그리고 음울한 목소리를 흘린다.

"열려라, 이계의 문이여. 오라, 이계의 존재여……."

할란을 비롯한 흑색 상아탑 마기언들의 안색이 돌변했다. 듀란으로부터 기이한 마력이 느껴지고 있었다.

"앗!"

"저건 설마!"

마기언 중 하나가 사색이 되어 외쳤다.

"주문이 완성되지 못하게 막으시오!"

하지만 듀란이 더 빨랐다. 그가 오른손을 움켜쥐며 마저 외쳤다.

"지옥의 뚜껑을 열고 유황의 숨결을 세상에 흩날려라!"

밤하늘 위로 검은 공허가 입을 열었다. 짙은 어둠이 은빛 달을 가리며 거대한 그림자를 거리 전체에 드리우기 시작했다.

"맙소사!"

마기언 할란이 비명을 내질렀다.

"루스클란의 이계소환술이다!"

직경 수십 미터의 어둠이 거대한 '무언가'를 토해낸다.

쿵!

육중한 질량이 대지에 안착하며 발밑을 진동시킨다. 뒤이어 어둠이 사라지고 다시 달빛이 사거리를 비춘다.

이계의 마물이 포효를 터뜨렸다.

"고오오오!"

그 모습은 이형(異形), 그 자체였다.

얼핏 거대한 말미잘을 껍질처럼 짊어진 커다란 달팽이처럼 보인다. 하지만 그 정도론 저 마물의 모습을 제대로 정의할 수가 없다.

찰흙으로 만든 모형을 어린아이가 실수로 떨어뜨린 뒤, 혼

날 것을 두려워하여 그 조악한 솜씨로 어떻게든 원상 복귀시키려다 결국 수습이 불가능한 지경까지 가버린, 필설로 형용할 수 없는 지극히 괴악한 모습.

"으어어……"

듀란에게 다가가던 병사들이 공포에 질려 뒷걸음질을 쳤다.

저 이계의 마물은 머리 높이만 7미터에 길이는 족히 이십여 미터에 달했다. 그 거체를 바라보는 것만으로 위압감이 어깨를 짓누르고 사지가 바들바들 떨렸다.

이름 없는 이계의 마물이 등에 달린 촉수를 뻗어냈다. 저 기괴하게 일그러진 무정형(無定型)의 껍질을 과연 등이라고 부를 수 있다면 말이지만.

수십 개의 촉수가 뻗어 나오고 그 촉수로부터 또 수십 개의 촉수가 뻗는다. 수십, 수백 개의 촉수가 달빛 아래 꿈틀댄다.

휘이익!

날카로운 파공음과 함께 촉수 몇 개가 마법의 감옥, 포스 케이지를 박살 내버렸다. 촉수가 풀려난 듀란을 휘감아 마물의 머리 쪽으로 옮겼다.

그곳에 서서 듀란은 사거리를 내려다보았다.

마물의 머리는 건물 3층 높이와 맞먹는 곳에 위치해 있었다. 그저 고개를 숙이는 것만으로 주위의 모든 것이 확연히 보였다.

경악한 마기언들, 공포에 질린 병사들, 혐오와 경멸이 가득한 프레이어 루멘트와 소드하이어들의 모습이 두 눈에 똑똑히 들어온다.

"젠장……."

듀란이 나직하게 욕설을 흘렸다. 자신이 일으킨 행위이면서도, 그의 표정은 결코 밝지 않았다.

"…이런 괴물까지 부르고 싶지는 않았는데……."

하지만 살기 위해선 어쩔 수 없다. 저들은 그에게 선택의 여지를 남기지 않았다.

듀란이 이계의 마물에게 명령을 내렸다.

'움직여라.'

마물이 움직이기 시작했다.

상아탑의 기존 정신 지배 마법으로는 결코 불가능한, 이계의 마물에 대한 절대 지배력.

저 힘을 얻기 위해 수많은 마기언들이 연구와 연구를 거듭해 왔다. 그들에 비하면 듀란의 마법적 지식이나 경지는 한참이나 낮다.

그럼에도 그는 어려움 없이 이계의 마물을 의지대로 움직일 수 있었다.

듀란의 혈통에 깃든 권능이 그것을 가능케 했다. 이계의 마물에 대한 지배력 행사는 루스클란 혈족에겐 숨 쉬는 것만큼

이나 자연스런 행위였다.

"고오오오……."

마물의 몸통이 꿈틀거리며 거리 위로 움직였다. 마물이 지나가자 끈적끈적한 점액질이 거리를 뒤덮었다.

그 혐오스런 광경에 병사들 몇몇이 구토를 해댔다.

"우, 우엑!"

"저게 뭐야?!"

프레이어 루멘트가 고함을 질렀다.

"당황하지 마라! 그대들은 위대한 여신의 창검이다! 크론 리자테께서 우리를 가호하신다!"

서둘러 마물의 진로를 가로막고 루멘트가 신성검을 크게 떨쳤다.

은색 칼날이 빛의 채찍이 되어 마물의 몸통을 강타했다. 물렁한 피부가 베어지며 진득한 체액이 뿜어져 나왔다.

마물이 동요하며 전신을 꿈틀거렸다.

"크오오오!"

워낙 덩치가 크다 보니 상처 자체는 그리 크지 않았다. 그러나 경계심을 갖기엔 충분했다.

마물이 이동을 멈췄다. 그 틈에 병사들이 달려 나갔다.

"가, 가자!"

"물러서지 마!"

오랜 훈련이 본능을 이기고 평소의 연습대로 절도 있게 육신을 움직인다.

공포에 질린 와중에도 병사들은 저 거대한 괴물을 포위했다. 두려워 이빨을 따닥거리면서도 굳건히 창칼을 움켜쥐고 소리를 질러댔다.

"또다시 루스클란에게 짓밟힐 순 없어!"

"우리는 굴복하지 않는다!

✳   ✳   ✳

세 전사가 마물의 앞을 가로막았다.

크론 리자테의 프레이어 루멘트와 이나시우스 교국의 소드하이어 라오핀, 소드하이어 게펠로스.

이들이 저마다 신성검과 투기검을 빼 들고 대지를 박찼다.

"타아앗!"

기합을 터뜨리며 루멘트가 은빛 검광을 길게 내뿜었다. 마물이 촉수를 뻗어 그의 사방을 노렸다.

공격 궤도를 바꿔 그는 전후좌우로 연달아 신성검을 휘둘렀다. 잘린 촉수 파편들이 사방으로 흩어지며 바닥에 나뒹굴어 꿈틀거렸다. 루멘트가 혀를 찼다.

"참으로 혐오스러운 광경이로다!"

꿈틀거리는 촉수 파편을 피해 라오핀도 덤벼들있다.

빠르게 이동하며 연신 투기검으로 마물의 외곽을 꾸준히 베어간다. 용이나 이계의 마물처럼 거대한 존재는 일격에 쓰러뜨릴 생각을 해선 안 된다. 차분히, 착실하게 시간을 들여 데미지를 쌓아야 한다는 걸 라오핀은 이미 알고 있었다.

하이어 게펠로스는 방패를 앞세워 마물의 측면으로 돌격하고 있었다.

"죽어라, 저주받을 마물이여!"

투사급인 라오핀과 달리 게펠로스는 기사급의 경지.

날아드는 촉수를 일일이 쳐내는 대신, 전신 금속 갑옷에 투기를 불어넣어 튕겨내며 저돌적으로 밀어붙인다. 그리고 마물의 몸통에 굵직한 일격을 가한다.

"타아앗!"

세 기사는 수시로 위치를 바꾸며 이계의 마물을 공략해 갔다. 포위한 병사들도 착실하게 그들을 보조했다.

비록 투기도, 신성술도 지니지 못한 일반인의 몸이지만 병사들은 용맹하게 싸웠다.

긴 창을 앞세워 원거리에서 계속 마물의 피부를 찔러간다. 그리 큰 피해를 줄 수 있는 공격은 물론 아니다. 마물의 저 거대한 덩치에 비하면 장창은 젓가락이나 다름없다.

그래도 마물의 신경을 분산시키기엔 충분한 것이다. 그 틈에 루멘트와 소드하이어들이 위력적인 일격을 날릴 기회를 얻게 된다.

"계속 찔러!"

"기사님들이 저 괴물의 숨통을 끊을 것이다!"

외쳐대는 병사들을 향해 마물이 촉수를 무더기로 내뻗었다. 일개 병사의 실력으로는 도저히 막을 수 없는 공격이었다.

하지만 병사들은 죽지 않았다. 루멘트며 라오핀, 게펠로스가 그때마다 날아드는 촉수를 베어 넘긴 덕이었다.

"안심하라!"

"그대들은 우리가 보호한다!"

"오직 공세에만 전념하라!"

반면 흑색 상아탑의 마기언들은 발만 동동 구르고 있었다. 루스클란의 마물에겐 테라노어의 마법이 아예 먹히지 않는 것이다.

"제길, 이계소환술을 구사할 정도로 강력한 루스클란의 후예가 아직도 남아 있었을 줄이야."

"이럴 줄 알았으면 소드하이어나 프레이어를 좀 더 초빙해 오는 건데!"

나이 든 마기언 한 명이 할란이며 다른 마기언들에게 소리쳤다.

"우리도 할 일이 있소! 다들 마법을 준비하시오!"

그는 비록 할란보다 마법의 경지는 낮았지만, 과거 혁명전쟁의 경험으로 이계의 마물을 상대하는 법을 알고 있었다.

테라노어에 속해 있지 않은 이계의 존재에겐 마법이 먹히지 않는다.

하지만 테라노어에 속해 있는 대지, 바위나 건물에는 얼마든지 마법이 먹힌다.

"컨트롤, 테라 폴!"

이계 마물 주위의 밤거리, 도로와 건물이 흔들리며 무너져 내리다가 이내 거대한 돌기둥이 되었다. 다른 마기언들도 이내 알아듣고 같은 주문을 시전했다.

"아, 그렇군!"

"컨트롤, 테라 폴!"

수십 개의 거대한 돌기둥이 마물 주위 수십 미터 반경을 빼곡하게 포위한다. 직접적인 마법이야 통하지 않겠지만, 이렇게 마법으로 간접적인 '도주로 막기' 정도는 충분히 할 수 있다.

달아날 길이 봉쇄된 이계의 마물이 끔찍한 비명을 터뜨렸다

"고오오오!"

*　　　　*　　　　*

성시한과 알리타는 거리 뒤편에서 계속 상황을 지켜보고만 있었다.

듀란이 이계의 마물을 부려 백성들을 해친다거나 했다면 시한도 고민 없이 검을 뽑았을 것이다. 하지만 지금 그를 저 상황으로 몰아넣은 건 어디까지나 이단심문관 루멘트다.

그렇다고 듀란을 도와 루멘트 일당과 싸울 수도 없다.

현 테라노어에서 루스클란 혈족 편을 든다면 의심치 않을 사람이 없다. 시한이야 그렇다 치고, 알리타의 정체가 드러나게 된다.

이러지도 저러지도 못한 채 두 사람은 계속 마물과 인간의 전투를 바라보기만 했다.

문득 알리타가 작게 중얼거렸다.

"강해……."

루멘트와 두 소드하이어, 그리고 병사들의 무용은 굉장했다. 저 거대한 이계의 마물을 상대로 결코 물러서지 않으며, 지닌 실력과 전법을 최대한 발휘해 용감하게 싸우고 있었다.

그러나 알리타가 강하다고 한 것은 인간들 쪽이 아니었다.

이계의 마물 쪽이었다.

열심히 싸우곤 있었지만, 사실 루멘트 일행은 아직 저 이계의 마물에게 거의 피해를 주지 못했다.

겉보기엔 마치 함정에 빠진 사냥감을 처리하는 것처럼 보인다. 하지만 냉정하게 보면 정작 마물의 피해는 거의 없다.

기껏해야, 순식간에 아물어 버리는 피부에 칼침 좀 맞고 아무리 잘라도 도로 돋아나는 촉수 몇 개가 베인 것이 전부.

달인급 소드하이어와 필적하는 실력의 성전사, 투사급과 기사급의 소드하이어, 거기에 백여 명에 가까운 정예병이 동원되고 흑색 상아탑의 마기언까지 있는데도 이계 마물의 발을 묶는 것이 고작이다.

성시한을 돌아보며 알리타가 믿을 수 없다는 표정을 지었다.

"광제의 마물이란 게 저 정도였나요?"

어릴 적엔 황궁에서만 곱게 자랐고, 제국이 몰락한 후엔 사람 눈을 피해 숨어 살았다. 루스클란의 후예임에도 불구하고 정작 그녀는 이제껏 한 번도 진짜 이계의 마물을 본 적이 없었다.

시한이 고개를 저었다.

"아니, 그렇진 않아."

"역시……."

알리타는 납득하며 고개를 끄덕였다. 루스클란의 마물이 다들 저렇게 어마어마한 괴물이었다면 제국이 멸망하지도 않았을 것 같았다.

그런데 이어진 성시한의 대답이 그녀의 예상을 벗어났다.

"광제가 직접 부른 마물은 저렇게 허약한 놈이 아니었지."

"…네?"

애초에 저 정도 전력으로 발을 묶을 수준의 마물이라면, 혁명 7영웅 중 아무나 나서도 혼자서 처리할 수 있다.

"광제의 마물이 저 정도였다면 우리가 그 고생을 하지도 않았겠지. 저건 고작해야 루스클란의 이류 소환술사가 부른 것 수준이야."

"맙소사……."

알리타는 입을 벌렸다.

눈앞의 마물은 수십 미터의 덩치에 무자비한 재생력을 지니고 마법조차 통하지 않는 강력한 괴물이었다. 저런 괴물조차도 이류에 불과한 수준이라고?

"대체 어떻게 혁명군이 제국을 이긴 건가요?"

"그러니 그 많은 사람이 죽어나갔지."

쓴웃음을 지으며 시한이 대꾸할 때였다. 뒤늦게 제논과 디나가 도착했다.

"죄송합니다, 좀 늦었습니다."

제논의 옆구리에 낀 디나가 연신 가쁜 숨을 내쉰다.

"하악, 하악……."

뛰긴 제논이 뛰었는데 매달려 있기만 한 디나가 더 지쳐 있었다. 하긴, 사람 몸에 매달리는 것도 보통 체력 소모가 심한 행위가 아니긴 하다.

둘을 본 성시한이 멍하니 눈을 깜빡였다.

"왜 왔어, 제논? 얘는 왜 데리고 왔고?"

"네? 저보고 챙기라고 하시지 않았습니까?"

"엥?"

시한과 제논이 눈을 말똥말똥 뜨고 서로를 쳐다본다. 그 틈에 디나가 제논의 품에서 빠져나왔다.

걱정 가득한 얼굴로 전장을 바라보며 그녀가 신음하듯 중얼거렸다.

"하이어 듀란……."

*　　　　*　　　　*

마물의 머리 위에 서서 듀란은 애타게 외치고 있었다.

"공격을 멈춰 주시오!"

마물이 요동칠 때마다 발밑도 요동친다. 마물의 촉수를 붙잡은 채 그는 피를 토하듯 소리치고 또 소리쳤다.

"난 그대들을 해칠 생각이 없소!"

주위의 병사들을 향해 마물의 촉수가 뻗어갔다. 일부는 소드하이어들이 베어 넘겼지만, 일부는 그대로 덤벼드는 병사들을 휘감아 들어 올렸다.

루멘트나 소드하이어의 실력이 아무리 뛰어나도 백여 명에 가까운 병사를 모두 신경 쓸 순 없는 것이다.

붙잡힌 병사들이 비명을 터뜨렸다.

"으아아악!"

하지만 촉수는 그들을 으깨 죽이지 않았다. 충분히 그럴 힘이 있음에도 불구하고, 그저 멀리 집어 던지기만 했다. 날려간 병사들이 바닥을 뒹굴며 다시 한 번 비명을 질렀다.

"크억!"

"아야야!"

크게 던져졌으니 당연히 부상을 입었다. 팔다리가 부러진 이들도 있었다. 하지만 죽은 이는 없다.

듀란이 전력을 다해 마물의 살의를 제어한 덕이었다.

사실 그가 작정하고 모두를 죽일 생각으로 마물을 움직였다면 이렇게 궁지에 몰리지도 않았을 것이다.

그냥 마물의 거대한 동체를 통째로 움직여 병사들의 포위망을 깔아뭉개 버리면 되는 것이다. 수많은 인간의 뼈와 살을 가차 없이 으깨 버리면서!

"그만두라고! 더 이상 마물을 제어할 수 없단 말이다!"

식은땀을 흘리며 듀란은 악을 써댔다.

점점 마물을 제어하는 것이 힘들어진다. 얼마나 더 마물의 살의를 통제할 수 있을지 자신이 없다.

"난 그저 이 자리를 피하고 싶을 뿐이야!"

아무도 그의 외침을 신경 쓰지 않았다. 병사들의 두 눈은 욕망으로 번들거리고 있었다.

"물러서지 마라!"

"공격해!"

"저자를 해치우면 금화 스무 닢이다!"

그러나 그들의 욕망을 탓할 수도 없다.

이나시우스 교국의 금화 스무 닢이면…….

'어머니를 좋은 집으로 모실 수 있어!'

'빚을 갚을 수 있어! 더 이상 아내를 고생시키지 않아도 돼!'

'아들 녀석에게 제대로 된 신전 교육을 받게 할 수 있어!'

병사들 역시 누군가의 소중한 아들, 남편, 아버지다. 사랑하는 가족을 지키기 위해, '절대악' 루스클란을 해치우고 세상을 평화롭게 만든다는 자부심에 가득 차 검을 휘두르고 창을 찔러댄다.

이들의 욕망은 충분히 정의롭다.

그 정의로운 자들의 창끝이 향하는 곳에, 쫓기는 와중에도 무고한 사람을 죽이고 싶지 않아 울부짖는 또 다른 정의로운 자가 있다.

"공격하지 마시오!"

모두가 정의롭다. 아무도 악인이 아니다. 어디에도 죄를 지은 자 따윈 없다.

그런데도 피가 흐른다.

"아아……."

디나가 안타까운 신음을 흘렸다. 미숙한 그녀가 보기에도, 듀란이 살인을 피하고자 전력을 다하는 모습이 역력했다.

그러지 않고서야, 저렇게 엄청난 괴물이 출현했는데 여태 단 한 명도 죽지 않을 수가 있을까?

"…듀란은 아무도 죽이지 않았어요."

듀란은 분명 선한 인간이었다. 자신의 목숨이 위협받는 와중에도, 상대의 안위를 먼저 생각하는 이가 선인이 아니라면 세상에는 온통 악인밖에 없을 것이다.

그에게 죄가 있다면 오로지 광제를 아버지로 두었다는 것뿐.

"…그게 그렇게까지 큰 죄인가요?"

*　　　　　*　　　　　*

루스클란의 이계소환술은 위력에 비해 효율이 지극히 높다.

듀란의 경지는 이제 3층 마기언, 아직 견습조차 벗어나지 못한 수준이다. 그런데 그가 부른 이계의 마물은 투사급 소드하이어 수십 명과 맞먹는 위력을 지니고 있다.

루스클란의 직계는 한낱 견습 마기언이라도 이 정도로 강력한 마물을 소환할 수 있는 것이다.

하지만 그 말은 곧, 현재 듀란의 마력이 고작해야 3층 수준밖에 안 된다는 소리도 된다.

듀란은 식은땀을 흘렸다. 점점 소환한 이계의 마물을 제어하기가 힘들어지고 있었다.

"크윽……."

그의 의지는 여전히 강철처럼 굳건했다. 포위되어 꼼짝도 못하는 와중에도, 죄 없는 사람들을 죽이지 않겠다는 마음에 흔들림이 없었다.

하지만 그 의지를 마물에게 전달하는 능력이 고갈된다.

"마, 마력이……."

결국, 날뛰는 촉수들 중 하나가 한 병사의 복부를 꿰뚫어 버렸다.

"으아악!"

처절한 비명과 함께 꿰뚫린 병사가 허공으로 떠올랐다. 관통한 촉수가 부풀며 병사의 몸이 터져나갔다. 시뻘건 선혈이 피비가 되어 밤하늘 위로 흩뿌려졌다.

듀란이 핏발 선 눈으로 고함을 질렀다.

"안 돼!"

한 번 피를 보고 나자 제어는 완전히 풀려 버렸다.

마물의 본능이 제대로 움직인다. 듀란에 대한 굳건한 충성심은 그대로이지만, 그의 명령 하나하나에까지는 반응하지 않는다.

이계의 마물이 격렬한 포효를 내질렀다.

"크오오오!"

촉수의 움직임이 달라졌다.

느릿느릿, 어떻게든 병사들을 밀치고 거리를 벌리는 것에만 주력하던 것이 이젠 완전히 살의를 품고 휘둘러진다.

채찍처럼 날아드는 마물의 촉수 앞에 병사들은 가차 없이 터져나갔다. 붉은 선혈, 시뻘건 육편이 사방으로 튀고 또 튀었다.

듀란이 절규를 터뜨렸다.

"물러서! 물러서란 말이다!"

병사들은 물러서지 않았다. 오히려 동료들의 죽음 앞에 극히 흥분하며 돌진하기 시작했다.

증오의 외침, 분노로 가득 찬 수많은 시선들이 마물의 머리에 올라탄 듀란을 향해 꽂힌다.

"저 잔인한 놈!"

"루스클란의 악마!"

"저주받아라!"

돌진하는 병사들 머리 위로 마물의 촉수가 유성처럼 쏟아져 내렸다. 비명이 메아리치고 피와 살점이 붉은 안개가 되어 밤거리를 가득 메웠다.

"으아아아악!"

삽시간에 수십의 생명이 사라졌다. 신성검을 쥔 채 프레이어 루멘트가 이를 악물었다.

"결국 본색을 드러내는구나!"

＊　　　＊　　　＊

성시한은 말했다.

저 이계의 마물은 광제의 마물과 비교도 안 된다고. 고작해야 루스클란의 이류 소환술사가 부른 수준이라고.

그것은 맞기도, 틀리기도 한 평가였다.

분명 듀란이 부른 이계의 마물은 광제의 그것에 비하면 한참이나 약했다. 하지만 이류 소환술사와 비견될 수준도 아니었다.

광제의 친아들인 듀란은 루스클란 황족 중에서도 직계, 상당히 피가 진한 축에 속한다. 그런 만큼 능력 역시 루스클란의 방계와는 비교가 되지 않았다.

이제까진 그저, 듀란이 최대한 마물의 공격성을 억제하고 있었기에 그리 보였을 뿐인 것이다.

"고오오오!"

본격적으로 날뛰기 시작한 이계 마물의 위력은 조금 전과는 천양지차였다.

점점 죽어가는 병사들의 수가 늘어갔다. 라오핀이며 게펠로스 등, 소드하이어들이 열심히 병사들을 보호하려 했지만 역부족이었다.

눈앞에서 소중한 부하의 머리통이 날아간다. 비명조차 남기지 못한 죽음을 보며 라오핀은 욕설을 퍼부었다.

"제기랄!"

그 순간 빈틈이 생겼다. 잠깐 집중이 흩어진 그를 향해 굵직한 촉수가 날아들었다.

"쿨럭!"

옆구리를 강타당한 라오핀이 피를 토하며 날려갔다. 쓰러진 채 희미하게 몸을 떨더니 이내 움직임을 멈춘다.

"라오핀!"

게펠로스가 치를 떨며 투기검을 길게 뻗었다.

방패를 앞세우고 창처럼 길이를 늘린 투기를 세워 돌진한다. 투기의 창이 이계의 마물을 깊숙이 찌른다.

마물의 체액이 뿜어져 나왔지만 게펠로스는 만족하지 않았다. 기합성을 터뜨리며 그는 길게 투기검을 베어갔다.

"으아아아!"

족히 수 미터에 달하는 긴 자상이 마물의 측면에 그어졌다. 과연 기사급 소드하이어다운 무용, 마물의 거체에도 충분히 통용될 깊은 상처였다. 테라노어의 마수였다면 충분히 치명상이었을 것이다.

하지만 상대는 이계의 마물.

마물이 고개를 돌렸다. 그리고 주둥이라 짐작되는 구멍에서 걸쭉한 체액을 내뿜었다.

시야 가득 퍼부어지는 독액에 경악하며 게펠로스가 눈을 크게 떴다.

'뭐야? 이런 수법도 있었나?'

사실은 이 독액 공격이야말로 마물의 주 무기였다. 이제까진 듀란이 애써 억제하고 있었을 뿐이지.

"큭!

피할 겨를 따윈 없다. 게펠로스는 투기를 끌어내 전신 갑옷에 부여하며 방어 태세로 돌입했다. 동시에 독액이 그의 전신을 뒤덮었다.

촤아악!

기름을 튀기는 듯한 소음과 함께 게펠로스가 독액에 휩쓸려 떠내려갔다. 갑옷이 부식되고 전신이 익어 수포를 형성한다. 끔찍한 형상이 된 게펠로스가 사지를 바들바들 떨며 근처

벽에 부딪혀 정신을 잃었다.

두 소드하이어를 잃은 병사들이 절망에 찬 외침을 터뜨렸다.

"맙소사!"

"하이어 게펠로스!"

"게펠로스 님마저……."

마물이 계속 날뛴다. 병사들의 피해가 점점 커진다.

흑색 상아탑의 마기언들이 발을 동동 굴렀지만, 현 시점에서 그들이 할 수 있는 것은 없었다. 기껏해야 대지 계열 마법으로 바위를 마물에게 던지거나 떨어진 창칼을 움직이는 등 간접 공격을 시도하는 정도가 고작이었다. 그 정도론 이계의 마물은 고사하고 일개 마수조차도 잡기 힘들다.

"내 실수로다……."

무너져 가는 포위망을 보며 프레이어 루멘트는 한탄했다.

"좀 더 전력을 동원했어야 했는데."

그는 듀란이 마물을 소환할 수 있을 정도로 강력한 루스클란 일족일 경우까지 염두에 두고 그에 걸맞은 병력을 데리고 왔다. 그렇다고 생각했다.

하지만 루멘트는 혁명전쟁 시절의, 진정으로 강력한 루스클란의 마물과는 싸워 본 적이 없었다. 기껏해야 제국 멸망 후 황족의 잔당이 부른 이계의 마물들만 상대해 봤을 뿐.

만일의 사태까지 예상을 했으나…….

"예상의 폭이 너무 좁았어……."

저 정도로 강력한 마물이라면 적어도 소드하이어 열 명 이상, 혹은 프레이어 다섯 명 이상은 데리고 왔어야 한다.

후회와 절망 속에서 루멘트는 신성검을 휘두르며 계속 마물에게 공격을 가했다. 달인급 소드하이어와 맞먹는 고위 성전사인 그는 라오핀이나 게펠로스처럼 쉽게 당하진 않았다. 그러나 루멘트가 마물을 상대하는 동안에도, 병사들은 계속 죽어갈 뿐이다.

루멘트가 악에 받친 고함을 내질렀다.

"이 사악한 루스클란 같으니!"

고함을 내지르는 이는 그뿐이 아니었다. 듀란 역시 연신 외치고 있었다.

"멈춰! 멈추란 말이야!"

핏발이 선 눈으로 마물을 향해 소리치고 또 소리친다. 하지만 이미 마력이 고갈된 그의 목소리는 조금도 전달되지 않았다.

피를 탐닉하며, 이계의 마물이 더욱 거칠게 날뛰기 시작했다.

*   *   *

전황을 지켜보며 성시한은 신음했다.

"으음……."

사실 그는 내심 듀란을 응원하고 있었다. 솔직히 말해서, 저대로 그가 도망치길 바랐다.

하지만 이대로라면 너무 피해가 커진다. 더 이상 보고만 있을 수는 없다.

시한이 제논을 돌아보았다.

"제논! 디나를 안전한 곳으로 피신시켜!"

"네!"

긴장한 얼굴로 제논이 도로 디나를 들어 옆구리에 끼웠다. 상황이 심각한 만큼 디나도 불평하지 않았다. 빠르게 이탈하며 제논이 소리쳤다.

"최대한 빨리 돌아오겠습니다!"

멀어지는 제논을 보며 시한이 고개를 저었다.

"쯧, 왜 굳이 여기까지 데려와서……."

그리고 혀를 차며 허리춤의 검을 뽑아 들었다. 그때 알리타가 그의 옷깃을 붙잡았다.

"시한!"

"왜?"

의아해하며 시한이 그녀를 돌아보았다.

"그를 죽일 건가요?"

"그러고 싶진 않지만……."

여기서 듀란을 살린 채 이계의 마물만 처리해 봤자 결국 결과는 같을 것이다. 이단심문관에 의해 붙잡혀 처형당할 뿐이지.

"도망치게 할 순 없을까요?"

시한은 고개를 저었다.

"너무 보는 눈이 많아."

많이 쓰러지긴 했지만 아직도 병사들의 수는 50명 가까이 남아 있었다. 소드하이어들은 쓰러졌지만 프레이어 루멘트는 건재하다. 무엇보다 멀리서 상황을 지켜보는 마기언도 네 명이나 있다.

저들의 눈을 모조리 속이기는 불가능하다.

"내 정체가 드러나는 위험은 감수할 수 있어. 문제는 알리타, 네 정체다. 루스클란을 비호하게 되면 네가 위험해져."

"저들을 속일 방법이 있으면 되는 거잖아요? 짙은 안개를 피워 사람들의 시선을 가린다거나……."

"무리야. 마기언이 넷이나 있잖아? 마법인 줄 뻔히 알걸?"

"하지만 누가 쓴 마법인지까진 모르잖아요? 듀란이 쓴 마법이라고 생각하지 않을까요?"

듣고 보니 그럴듯하다. 하지만 시한은 여전히 자신 없는 표정이었다.

"지금 내 마력으론 그렇게까지 광범위한 안개를 만들기가 좀……."

알리타의 마력을 빌리는 방식이라면 가능하겠지만, 그 수법은 약간의 시간적 딜레이가 필요하다. 한창 전투 중에 쓰긴 힘든 것이다.

"그렇다고 마물을 다 해치우고 나서 마법 쓸 여유 따윈 생기지 않겠지. 대기하고 있던 흑색 상아탑의 마기언들이 바로 뛰어들 테니까."

혹여 듀란이 다시 이계 소환술을 쓸지도 모르는데, 느긋하게 구경이나 하고 있을 리 없다.

성시한의 염려에 알리타가 고개를 저었다.

"안개는 그냥 예를 든 거예요. 중요한 건 필요한 시기에, 필요한 만큼만 시야를 가리면 되는 것 아닌가요?"

그녀라고 무턱대고 떼만 쓴 것은 아니다. 나름 방법을 구상해 놓았다.

알리타가 빠르게 계획을 설명했다. 시한이 눈을 깜빡였다.

"그거라면 가능할지도 모르겠네. 하지만 알리타, 네가 너무 위험해지는데?"

그제야 그녀의 얼굴에 미소가 떠올랐다.

"그 정도 위험은 감수할 수 있어요."

*　　　*　　　*

신성검의 빛을 최대한 끌어내며 루멘트는 처절하게 외쳤다.

"크론 리자테시여! 당신의 신실한 종을 가호하소서!"

그리고 이계의 마물을 향해 돌진한다. 정신없이 검을 휘둘러 연달아 참격을 날리며 수십 개의 촉수들을 베어나간다.

자신을 아끼지 않는 용맹한 돌격 덕분에 병사들에게 쏟아지던 공세가 뜸해졌다. 그 틈에 병사들이 숨을 헐떡이며 뒤로 물러섰다.

"피, 피하라!"

"부상자를 끌어내!"

대신 루멘트가 마물의 분노를 한 몸에 받게 되었다.

"크아아!"

잘린 촉수가 순식간에 재생하며 다시 꿈틀거린다. 날카로운 촉수들이 투창처럼 루멘트를 노리고 쏟아졌다.

신성술을 전신 갑옷에 두르며 루멘트가 몸을 보호했다. 대부분의 공격이 튕겨 나갔지만, 몇몇 촉수는 미처 막지 못했다.

"크흑!"

갑옷 일부가 박살 나며 루멘트가 비명을 터뜨렸다. 어깨와 허벅지 일부가 피를 뿌렸다.

고통으로 주춤한 사이, 굵직한 촉수 네 개가 뻗어와 그의 팔다리를 묶어버렸다.

'아차!'

막 촉수가 루멘트를 오체분시하기 직전.

"타앗!"

무형의 투기검이 촉수들을 일제히 베어 넘겼다.

잘린 촉수들이 꿈틀대며 대지에 널브러졌다. 루멘트는 놀라 고개를 들었다. 흑발의 잘생긴 갈렌족 청년이 투기검을 쥔채 그의 앞을 가로막고 있었다.

아는 얼굴이었다. 아모스 백작가에 묵고 있던 라텐베르크 사절단의 기사다.

자세를 고치며 루멘트가 빠르게 말했다.

"도움엔 실로 감사하는 바다. 하지만 이만 물러서게."

상대는 아직 새파랗게 젊은 소드하이어였다. 나이를 볼 때 기껏해야 투사급일 터, 기사급인 게펠로스나 달인급 소드하이어에 필적하는 실력자인 루멘트조차도 상대가 안 되는 저 마물을 상대로 뭔가 할 수 있을 리가 없는 것이다.

재차 검을 쥐고 숨을 헐떡이며 루멘트가 말을 이었다.

"이는 우리의 의무, 그대가 희생될 필요는 없다. 젊은이에게서 기사다운 정의감을 본 것만으로도 이 몸은 충분히 기쁘니."

좋게 말하면 염려하는 것이고 나쁘게 말하면 무시하는 것이지만, 시한은 굳이 화를 내지 않았다.

당연한 반응이었다. 상식적으로, 이십 대의 소드하이어가 강해봤자 얼마나 강하겠는가?

그래서 시한은 말없이 투기를 끌어냈다. 무형의 기운이 그를 중심으로 요동치기 시작했다.

루멘트의 안색이 바뀌었다.

"저 투기술은……."

일반인 눈에야 이 투기술이나 저 투기술이나 다 똑같아 보이겠지만, 경험이 많은 이들이라면 소드하이어가 아니더라도 어느 정도 형태나 기세를 통해 구별이 가능하다. 그리고 현재 시한은 대놓고 투기술 고유의 흐름을 드러냈다.

루멘트 역시 바로 알아볼 수 있었다.

"맙소사! 이계구원자의 패왕기?"

순간 성시한은 뜨끔해했다.

'오메?'

하긴, 보통 테라노어인이 패왕기를 보면 이계구원자부터 떠올리는 게 정상이긴 하지. 워낙 십여 년 전 여기저기서 써먹고 다녔으니까.

시한이 잽싸게 첨언했다.

"저는 용병왕 바락의 제자입니다!"

"그, 그렇군."

그제야 루멘트도 패왕기가 원래는 바락의 고유 투기술이란 사실을 떠올렸다. 용병왕의 제자라면, 존경하는 스승의 기술이 다른 이의 고유 투기술로 여겨지는 것을 충분히 불쾌해할 만하다.

루멘트가 빠르게 사과를 건넸다.

"무례를 용서하게. 일부러 그런 건 아니었다네."

'아니, 성질낸 건 아닌데?'

순간 머쓱해했지만 시한은 표정을 굳혔다.

생각해 보니 오해하고 있는 쪽이 더 나을 것 같았다. 어차피 지금 이렇게 시간이나 끌고 있을 상황도 아니고.

패왕기를 더더욱 거세게 끌어올리며 성시한이 차갑게 뇌까렸다.

"돕겠습니다! 그러니 어서 병사들부터!"

그의 전신으로 아지랑이 같은 기운이 피어올랐다. 달인급 소드하이어의 경지를 증명하는 현상이었다.

순간 루멘트는 경악했다.

그 역시 달인급 소드하이어에 필적하는 프레이어였지만, 상대는 그런 자신보다도 훨씬 윗줄의 실력자였다. 풍기는 기세만으로도 의심의 여지가 없었다.

'세상에! 어떻게 저 나이에?'

하지만 이내 납득했다.

'과연 바락의 제자인가…….'

과거 3대 무신 중 하나로 추앙받았던 용병왕 바락의 후계자라면 저 나이에 저런 실력을 지니고 있어도 그리 이상할 게 없다.

루멘트가 바로 태도를 바꿨다.

"그럼 부탁하겠소!"

멀어지는 루멘트를 뒤로한 채 시한은 눈앞의 마물을 올려다보았다.

긴장과 함께 묘한 그리움의 빛이 눈동자 위로 떠올랐다.

"루스클란의 마물을 상대하는 건 십 년 만이군."

*   *   *

패왕기를 전신에 휘감은 채 시한은 마물의 정면으로 쇄도했다. 그리고 검을 들더니, 엉뚱하게 발밑의 대지를 길게 그었다.

콰콰콰쾅!

투기검이 길을 파헤치며 허공으로 흙먼지를 피워 올렸다. 얼핏 생뚱맞은 짓으로 보이지만 나름 이유가 있었다.

"크르르……"

도망치는 병사들에게 촉수를 뻗어대던 마물이 고개를 돌려 시한을 노려보았다. 갑자기 강렬한 살기가 느껴졌으니 본능적으로 경계를 하지 않을 수 없었다.

'좋아, 일단 시선은 잡았고.'

과거의 경험을 통해 그는 잘 알고 있었다.

'이런 부정형(不定形) 타입의 마물들은 정신을 집중할 때보다 산만할 때가 더 위협적이지.'

지금 보이는 촉수 공격은 마물이 직접 의식하고 가하는 것이 아니다. 오히려 반사적인 행동에 가깝다. 마물과 촉수의 움직임이 따로라는 의미다. 말미잘이 물고기 잡을 때와 비슷하달까?

그러니 일단은 저 마물의 의식을 한 점으로 모을 필요가 있다. 그렇게 함으로 중구난방이던 촉수의 움직임에 일정한 패턴을 부여하는 것이다.

"고오오오!"

이계의 마물이 전면부의 촉수를 일제히 뻗어내 성시한을 공격해 왔다. 제멋대로이던 조금 전과 달리, 수십 개의 화살이 일제히 쏟아지는 듯한 절도 있는 공격이었다.

촉수 공격의 스피드나 파워 자체는 아까보다 월등히 높아졌지만…….

'대신 예측하기도 쉬워졌지!'

시한은 뱀처럼 낮은 자세로 공세 사이를 파고들었다. 검광이 연달아 번득이며 동강 난 촉수들이 허공에 나부꼈다.

흥분한 마물이 보다 굵은 촉수들을 꺼내 들었다.

휘이익!

하나하나가 대들보만 한 크기의 촉수들이 사방에서 날아들었다. 화살이나 투창처럼 찌르는 자잘한 공격이 아니라, 몽둥이를 휘두르는 것처럼 넓은 범위를 일격에 쓸어버리는 방식이었다.

기합을 터뜨리며 시한이 내려베기와 올려 긋기를 연달아 펼쳤다.

"패왕기, 낭아(狼牙)!"

투기검의 궤적이 마치 맹수의 이빨처럼 맞물리며 굵은 촉수를 질끈 씹어버린다. 대들보 사이즈의 촉수가 한 방에 두 동강이 났다.

이번엔 꽤 상처가 컸는지 마물이 고통의 포효를 터뜨렸다.

"카아아아!"

그 틈에 시한은 다른 촉수들 역시 마저 끊어버렸다. 그리고 빠르게 마물의 좌측으로 달리며 투덜거렸다.

'어우, 패왕기로 상대하려니 확실히 어색하네.'

용병왕의 제자임을 자처하고 있는 상황이니 파천기를 쓸수는 없다. 그리고 거대 마물 전용인 파천기와 대인전용 패왕기는 그 기술의 목적성이 완전히 다르다.

파천기가 한 호흡에 십 미터를 내달리는 데 특화되어 있다면, 패왕기는 1미터의 공간 안에서 한 호흡에 열 번 위치를 바꾸는 데 최적화된 식이다. 물론 실제로는 좀 더 복잡하지만 단순 비유로는 저렇다는 소리다.

저 정도 거체를 상대로 패왕기가 제 위력을 발휘할 수 있을지는, 솔직히 시한도 자신이 없었지만…….

'상황이 상황이다 보니 어쩔 수가 없군.'

마물의 사각으로 파고들며 성시한은 땅을 박찼다. 단숨에 그의 육체가 5미터 가까이 떠올랐다.

엄청난 높이였지만 시한 입장에선 불만스러운 수준이었다.

'역시 패왕기로는 파천기만큼의 도약력이 안 나와.'

베르셀트 지방에서 지룡을 상대할 때는, 지금보다 훨씬 투기량이 부족했음에도 십여 미터 가까이 뛰어오를 수 있었다. 파천기의 용법 자체가 얼마나 높이, 멀리, 빠르게 움직이느냐에 특화되어 있었으니까.

반면 패왕기로는 그런 움직임이 불가능하다. 애초에 불필요하니까.

'사람 상대로 칼질하는데 십 미터씩 뛰어오를 필요가 뭐가 있겠어? 그냥 머리 위쪽만 장악하면 충분하지.'

그렇다고 패왕기가 파천기보다 뒤떨어진다는 의미는 아니다. 패왕기엔 패왕기 나름의 강점이 있다.

휘리리릭!

공중에 뜬 시한을 향해 마물이 촉수를 뻗어왔다. 허공에 뜬 그를 그대로 후려갈길 셈이었다.

순간 시한이 자연스럽게 옆으로 이동해 공격을 피했다. 마치 허공을 밟고 움직인 듯한, 파천기로는 불가능한 동작이었다. 어떤 상황에서도 신체 중심을 유지하고 빠르게 반응할 수 있는 패왕기이기에 가능한 일이다.

"흥!"

코웃음을 치며 그는 한 차례 더 도약해 마물의 등에 올라탔다. 득시글거리는 촉수 한복판에 몸을 던진 셈이다.

마물의 머리 쪽에 서 있던 듀란이 그 광경에 기겁하며 외쳤다.

"위험하오, 하이어 션! 이 마물은 내 제어를 벗어났소!"

시한이 시큰둥하게 대꾸했다.

"아, 상관없어. 당신은 안 떨어지게 꽉 붙잡고만 있으라고!"

듀란은 당황했다.

지금 성시한은 마물의 아가리 속에 들어온 것이나 다름없었다. 그런데 저런 자신만만한 태도라니?

아니나 다를까, 이제까지와는 비교도 안 되는 숫자의 촉수가 사방에서 시한을 향해 쏟아졌다.

도저히 피할 곳 따위 없는 함정 한복판, 시한이 투기검을 뻗어 연거푸 휘둘러 댔다.

"타아앗!"

무수한 참격의 벽 앞에 날아든 촉수들이 일제히 잘려 나가며 걸쭉한 체액이 사방으로 솟구쳤다. 고통으로 마물이 꿈틀대며 괴성을 내질렀다.

"크아아아악!"

"헉?!"

듀란이 눈을 휘둥그레 떴다.

엄청난 검술이었다. 프레이어 루멘트도 저 정도의 연속 참격을 날릴 수는 없을 것이다.

'뭐야? 저자, 기사급 소드하이어가 아니었나?'

마물의 신경을 모조리 자신에게 집중시키며 성시한은 아래쪽을 바라보았다. 루멘트와 일부 병사들이 도로 무기를 들고 다가오고 있었다. 심각한 중상자만을 뒤로 물리고 다시 전투에 뛰어들려는 것이다.

촉수 공격을 피하면서 시한이 소리쳤다.

"프레이어 루멘트! 포위망을 풀고 병사들을 후퇴시키십시오!"

"하, 하지만 이 전투는 우리의 의무……."

루멘트가 당황하며 말을 더듬었다. 날아드는 마물의 촉수를 연신 베어 넘기며 시한이 재차 외쳤다.

"명예가 아무리 중요해도 인명과는 비교할 수 없지 않겠습니까?"

말하면서도 시한은 사실, 루멘트가 자신의 말을 들을 거라 기대하지 않았다.

여신의 종으로서, 성전사로서 루멘트는 결코 물러설 수 없는 처지다. 더구나 외지인인 성시한에게 마물과의 전투를 떠넘기는 것은 지독한 치욕이자 불명예일 터.

그런데 루멘트가 의외의 반응을 보였다.

"…그대 말이 옳소. 여기서 전투를 고집하는 것이 오히려 불명예스러운 일이겠지."

죽어가는 병사들을 둘러보더니 이를 악물며 고개를 끄덕인다. 본인의 치욕을 감수하고서라도 병사들부터 살리겠다는 선택을 한 것이다.

새삼스런 눈으로 시한이 멀어지는 중년의 성전사를 바라보았다.

'에, 이단심문관이라더니… 의외로 사람이 괜찮네?'

사실 시한은 이단심문관에 대해 굉장히 부정적인 이미지를 가지고 있었다.

루스클란 제국 시절, 일월성신의 교단은 권력과 손을 잡아 부패했으니 교단에서 내세우는 이단심문관들 역시 더러운 제국의 끄나풀일 뿐이었다. 제국에 반항하는 이들을 이단으로 치부해 잔인하게 처형하는 것이 그들의 주 임무였다.

하지만 제국이 붕괴된 후엔 달라졌다.

일월성신의 교단이 예전의 모습을 되찾자 이단심문관의 역할도 바뀌었다. 루스클란의 후예를 색출하는 것으로.

루스클란 황족의 힘은 마법을 통해 명확하게 확인할 수 있다. 과거 제국 시절처럼 억울한 희생자를 만들지 않는다.

물론 루스클란의 후예라는 이유만으로 처형당하는 것부터가 억울한 일이겠지만, 적어도 황족도 아닌 이가 누명을 쓰거나 하는 일은 없다. 그런 만큼, 과거 이단심문관들처럼 억울한 자를 착복해 사리사욕을 채우거나 하는 일도 일어나기 힘들다.

그래서 현재 일월성신의 이단심문들은 올곧은 성품을 지닌 이들이 많았다.

"미안하오, 용병왕의 후계자여! 조금만 더 시간을 끌어주시오!"

스스로의 부족함을 안타까워하며 루멘트는 시한에게 외쳤다. 그리고 허겁지겁 병사들을 지휘해 사태 수습에 나섰다.

그동안 성시한은 계속 마물을 상대하고 있었다.

차근차근 날아드는 촉수들을 계속 베어낸다. 촉수 공격 정도론 시한을 잡을 수 없음에도 불구하고 이계의 마물은 계속 등에 돋은 촉수만을 휘둘러댔다.

달리 선택지가 없는 것이다.

시한이 등에 붙은 시점에서 독액 공격을 할 수는 없다. 자기 등에 독액을 뿌리는 꼴이 될 테니까.

그렇다고 몸을 뒤집어 바닥에 등을 비빌 수도 없다.

지독하게 뒤틀리긴 했지만, 이 이계의 마물은 기본적으로 등에 말미잘을 짊어진 달팽이 같은 형태다. 그렇게 몸을 뒤집었다간 거북이처럼 도로 일어나지 못하고 버둥대는 꼴이 될 것이다.

"크아아!"

짜증 섞인 괴성을 내지르며 마물은 계속 촉수들만 휘둘러 댔다. 차분한 얼굴로 날아드는 공격을 베어내며 시한은 마물의 등 쪽을 깎아냈다.

검광이 번뜩일 때마다 마물의 살덩이가 뭉텅이로 잘려 나갔다.

어차피 이런 부정형 타입의 마물들은 신체 구조가 워낙 단순해 급소란 개념도 없다. 상처 입히는 만큼 생명력이 깎이는 것이다.

문제는 마물의 덩치가 커도 너무 크다는 점이다.

'아우, 감질나서 원…….'

벌써 세 자릿수에 달하는 촉수와 살덩이를 도려낸 것 같은데, 주위를 둘러보니 여전히 마물의 등은 광활하기 그지없었다. 삽 한 자루 들고 산을 파헤치고 있는 기분이다.

한참 칼질을 하다 말고 시한이 넋두리를 흘렸다.

"쳇, 도룡기를 쓰면 큼직큼직하게 도려낼 수 있을 텐데."

대인전용 투기술인 패왕기는 기본적으로 한 점에 힘을 집약시키는 용법에 특화되어 있다. 보다 넓은 범위에 보다 다수의 공격을 꾀하는 도룡기와는 목적성이 정반대다.

마물의 촉수보다 100배나 단단한 물질도 일격에 벨 수 있지만, 촉수 100개를 한 번에 벨 수는 없는 것이다.

물론 패왕기에도 수 미터 단위의 범위 공격 기법이 없는 것은 아니지만 그건 투기강을 이용한 수법이었다. 썼다간 초인급 소드하이어임이 드러난다.

'아무리 용병왕의 제자로 위장한다 해도 내 나이에 초인급은 과하지?'

달인급 정도면 사람들도 '천재 사부 밑에 천재 제자 나왔구나!' 정도로 받아들일 수 있다. 하지만 초인급 소드하이어쯤 되면 한 나라의 전술 병기 수준, 무조건 시선이 집중되게 되어 있다.

'거참, 정체 숨기고 싸우려니 힘드네.'

긴장으로 인해 시한은 식은땀을 흘렸다.

숨겨둔 밑천이 있으니 목숨의 위협이야 없다지만, 시한 입장에선 정체가 들키는 것 역시 충분히 위협적인 상황이었다. 긴장하지 않을 수 없었다.

'도롱기로 바꿀까?'

잠시 유혹이 느껴졌지만 그는 고개를 저었다.

'아니, 좀 더 기다려 보자.'

아직 기회는 남아 있었다. 계속 촉수를 잘라내며 시한이 거리 저편을 힐끔거렸다.

잠시 후, 거구의 기사가 헐레벌떡 뛰어오며 고함을 질렀다.

"가세하겠습니다, 하이어 션!"

내내 기다리던 녀석이 이제야 왔다.

시한이 웃으며 핀잔을 던졌다.

"늦었잖아, 제논!"

커다란 양수검을 든 채 제논이 마물의 좌측에 자리를 잡는다. 그 모습을 보며 시한은 도로 마물의 등에서 뛰어내렸다.

"으차!"

이제까진 혼자서 마물의 의식을 집중시켜야 했기에 등에 올라타 있는 쪽이 제일 편했다. 하지만 제논이 있으니 굳이 불필요한 위험을 감수할 필요는 없었다.

"그으으……."

좌우로 타깃이 갈라지자 마물도 촉수를 양분해 좌우로 날렸다.

목표가 분산되었음에도 여전히 마물의 공격에는 '일정한 패턴'이 유지되고 있었다. 덕분에 시한도 제논도 간단히 공격을 피했다.

목표가 수십 명이면 모를까, 둘로 늘어난 정도론 마물의 집중이 흐트러지지 않는 것이다. 당연히 촉수의 반사 행동도 돌아오지 않는다. 원래 이런 부정형 마물을 상대할 때 제일 적절한 숫자는 전후좌우, 네 명까지다.

'그걸 생각하면 루멘트 저 작자도 있는 쪽이 편하긴 한데……'

후퇴한 루멘트를 떠올리며 시한은 입맛을 다셨다. 하지만 그마저 이 자리에 있다면 전투는 조금 수월해질지 몰라도 몰래 파천기를 쓸 수가 없게 된다.

'정체가 발각될 각오야 했지만, 그렇다고 대놓고 드러낼 필요도 없잖아?'

마물의 우측에 자리를 잡고 시한이 고함을 터뜨렸다.

"몸통을 노릴 필요는 없다, 제논! 신경만 긁어!"

"어떻게 말입니까?"

"날아오는 촉수만 열심히 잘라! 그거면 충분하다!"

"알겠습니다!"

제논이 양수검을 쥔 채 전신의 투기를 끌어 올렸다.

'자, 드디어!'

그의 눈동자에 홍분의 빛이 떠올랐다.

"패왕기!"

그동안 열심히 연습한 패왕기를 드디어 실전에 써먹게 된 것이다. 긴장을 늦추지 않으며 제논이 마물을 향해 뛰어들었다.

"타아아앗!"

강렬하게 대지를 박차며 한 걸음에 마물의 동체까지 파고든다. 마치 공성추를 연상케 하는 저돌적인 돌진이었다. 순간 시한이 미간을 찡그렸다.

'어, 저거……'

패왕기와는 어울리지 않는 움직임이었다. 패왕기라면 보다 자연스럽게, 흐르는 물처럼 부드러우면서도 빠르게 파고들어야 한다.

'패왕기를 파산기처럼 운용하고 있는데?'

저러면 상대도 바로 반응하게 된다. 그리고 저런 식이라면 아무리 패왕기라도 돌진 도중 바로 반격에 반응하기 힘들다.

과연, 마물도 경계하며 더욱 많은 촉수를 꺼내 들었다.

"고오오!"

포효와 함께 십여 줄기의 촉수들이 채찍과 투창이 되어 제논을 노렸다. 그 순간 제논의 기세가 변했다.

"타앗!"

기합과 함께 제논이 교묘히 발을 놀려 몸을 틀었다. 동시에 커다란 양수검이 마치 세검(細檢)이라도 되는 양 정교한 궤적을 그렸다.

검술이라기보다는 춤에 가까운 우아한 동작으로 제논은 날아드는 공격을 모조리 베어냈다. 그리고 다시 맹렬한 기세로 후퇴했다.

어찌 보면 저것도 저돌적인 돌진이었다. 단지 그 돌진의 방향이 반대쪽일 뿐이지.

"좋아! 조금씩 익숙해지는군!"

흥이 오른 제논이 재차 마물에게 달려들었다.

우악스럽게 돌진한 뒤, 우아하게 검술을 펼치며 마물의 촉수들을 베어 넘긴다. 신장 2미터의 근육질 거구가 사람 키만 한 대검을 휘두르는데도 우아해 보인다는 게 참 신기할 지경이다.

제논의 활약에 성시한이 멍한 표정을 지었다.

"…저 녀석, 어째 검술이 요상하게 변했네?"

굳이 비유하자면, 멧돼지처럼 돌진해 나비처럼 팔랑거리며 벌처럼 쏜다 정도 되려나?

'쟤한테 패왕기를 가르칠 때는 이런 결과를 기대한 게 아니었는데……'

어쨌거나 잘 싸우니 별문제는 없다. 제논의 덩치라면 바락이나 시한처럼 자잘하게 치고 빠지는 게 오히려 더 안 어울리겠지.

안도하며 성시한은 상황을 살펴보았다.

이계의 마물은 좌우의 시한과 제논에 정신이 팔려 더 이상 움직이지 않고 있었다. 그저 '이놈의 끈질긴 인간들아, 이제 좀 죽어라~'란 심보로 열심히 촉수만 휘두르고 또 휘두를 뿐이다.

제논은 '우악스러운 돌진'과 '우아한 검술'을 섞어가며 훌륭히 반대편에서 마물의 의식을 분산시키는 중이다.

마물의 머리 위에 서 있는 듀란은 지칠 대로 지쳤는지, 이젠 소리도 지르지 못하고 매달려만 있다.

기감으로 살펴보니 루멘트와 휘하 병사들은 족히 백여 미터 이상 거리를 벌렸다. 흑색 상아탑의 마기언들은 가까이 다가올 엄두를 내지 못하고 수십 미터 떨어진 곳에서 상황만 지켜보고 있을 뿐이다.

마물의 발도 묶었고, 의식도 분산시켰고, 듀란도 무사하고, 쓸데없는 구경꾼들도 멀어졌다.

'좋아.'

성시한은 회심의 미소를 지었다. 그리고 마물의 몸통 뒤쪽으로 파고들었다.

정면에선 마물에게 가려지고, 후면으론 거리의 건물에 가려진 완벽한 시야의 사각 지대였다.

동시에 그의 투기술이 변화했다.

"파천기!"

성시한은 한달음에 십여 미터의 거리를 뛰어넘었다. 마물과의 거리를 좁히며 그는 미소를 지었다.

'아, 편하다.'

패왕기 쓸 땐 쉴 새 없이 두 발을 놀려야 했다.

'역시 큰 놈 상대할 땐 파천기가 최고라니까?'

단숨에 그는 마물의 몸통 바로 코앞까지 접근했다. 놀란 마물이 촉수 다발을 일제히 휘둘렀다.

휘이이익!

수십 개의 촉수가 파공음을 울리며 채찍처럼 내려친다. 하지만 시한은 당황하지 않았다. 파천기로 바꾼 이상 마물의 다발 공격을 상대할 수법 따위 얼마든지 있다.

'굳이 파천기로 상대할 필요도 없지만.'

날아드는 촉수를 향해 시한이 왼손을 뻗었다. 그리고 나직하게 주문을 외웠다.

"라이트닝 웹."

전격의 그물이 촉수 다발을 덮쳤다. 날아드는 촉수가 일제히 감전되어 제자리에 멈췄다. 순간적으로 마비된 것이다.

그 틈에 시한은 빠르게 촉수들 사이로 파고들었다. 예상 밖의 공격에 마물이 당황하며 고개를 돌렸다.

살덩이 사이가 갈라지며 마물의 아가리가 벌어졌다. 걸쭉한 액체가 연기를 피우며 시한을 향해 쏟아졌다.

콰아아아!

하이어 게펠로스를 쓰러뜨린 독액 공격이었다. 워낙 광범위한 공격이라 피하기도 까다롭고, 막기는 더 까다롭다. 칼로 물 베기 꼴이 될 테니까.

하지만 시한은 대수롭잖다는 듯 손가락을 튕겼다.

"아쿠아 컨트롤."

쏟아지던 마물의 독액이 허공에서 사방으로 갈라졌다. 흩어지는 수류(水流) 사이로 뛰어들며 시한이 피식 웃었다.

"독액이든 뭐든, 결국은 액체지, 뭐."

지금 시한이 구사한 마법들은 그리 고위 주문이 아니다. 액체를 조종하는 주문은 기껏해야 상아탑 4층 수준, 조금 전 구사했던 전격의 그물 역시 3층 마법에 불과하다.

그런데도 마물의 주요 공격 수법인 촉수와 독액을 간단히 무력화시켰다.

이것이, 왕년 이계구원자가 이계 마물의 천적으로 군림할 수 있었던 이유였다.

사실 테라노어의 마법 자체는 결코 약하지 않다.

이계의 마물이 강력하긴 하지만 수백 년 묵은 테라노어의 고룡쯤 되면 충분히 그에 비견될 위협적인 마수다. 그리고 4대 상아탑에는 그런 고룡조차도 해치울 수 있는 위력적인 마법이 존재한다. 젝센가드를 압박할 때 사용한 '고룡잡이 덫'처럼.

루스클란의 마물이 그토록 공포의 대상이 된 것은 어디까지나 테라노어의 마법 자체가 통하지 않는 특성 때문.

즉, 마법이 통하기만 하면 이계의 마물을 상대하는 난이도는 급격히 하락하는 것이다.

'자, 그럼 빨리 끝내자!'

긴장하며 시한은 마물의 옆구리에 검을 찔러 넣었다.

상대하는 거야 어렵지 않다지만, 여유 부릴 상황도 아니다. 시야의 사각에 머무를 수 있는 시간은 한정되어 있다. 최대한 일격에 끝내야 한다.

검을 내뻗은 채 시한이 투기술을 운용했다.

"파천기, 메아리!"

웅장한 파동이 칼날을 통해 퍼지며 마물의 물렁한 살덩이를 사방으로 밀어붙였다. 마물의 옆구리에 순간적으로 깊숙한 웅덩이가 생겼다.

연거푸 투기검을 휘두르며 기합을 터뜨린다.

"타앗!"

십자 형태로 살덩이 일부가 베어졌다. 칼날이 반 가까이 들어갈 정도로 깊은 자상이었지만, 마물의 거체와 비교하면 피륙의 상처에 불과하기도 했다.

시한은 인상을 썼다.

'더 이상은 칼이 안 들어가나?'

듀란이 소환한 이 이계 마물의 육체는 달팽이의 그것과 비슷하다. 물렁하고 탄력적이며 점액질의 육체, 일개 병사라도 표피를 베는 것이 어렵지 않지만 소드하이어라도 깊숙하게 검을 찔러 넣기는 힘들다.

저 물렁한 탄성 자체가 일종의 방탄, 방검복과 비슷한 역할을 하는 것이다.

그래서 그는 다시 한 번 마법을 발동했다.

"프리즈!"

마법의 냉기가 마물의 살덩이를 타고 흘렀다. 물렁한 게 문제라면, 단단하게 만들면 그만이다.

사아아아아아!

새하얀 서리가 퍼져 나가며 마물의 살덩이 표면이 딱딱하게 얼어붙었다. 오래가지 못할, 잠시간의 냉동 상태일 뿐이지만 그것이면 충분했다.

"흡!"

시한의 장검이 딱딱해진 마물의 살덩이를 칼자루까지 깊숙하게 파고들었다. 동시에 '용을 베는 기운'이 칼날을 통해 떨쳐졌다.

"도룡기, 팔각(八角)!"

파고든 검극으로부터 거대한 투기의 칼날이 팔방으로 내달렸다. 마치 케이크를 여덟 조각으로 자른 듯한 형국, 이십 미터에 달하는 거대한 마물의 육체가 수 미터 단위로 난도질된다.

하지만 외부에서 볼 땐 전혀 티가 나지 않았다. 어디까지나 내부에서 일어난 일이니까.

"크르르르!"

기괴한 신음을 터뜨리며 이계의 마물이 경련을 일으켰다. 그렇게 치명적인 일격을 날리며 시한은 머리 위로 손을 들어 올렸다.

그리고 투기를 쏘았다. 희미한 아지랑이가 밤하늘을 가로질렀다.

파앗!

겉보기엔 단순히 공격 일부가 빗나간 것 같을 것이다. 하지만 이것은 신호였다.

밤거리 저편 어딘가에서 몸을 숨긴 채 대기하고 있을 그녀에게 보내는 신호.

'지금이야, 알리타!'

알리타는 오른손을 차분히 앞으로 내밀었다.

이때를 위해 계속 마력을 모으고 술식을 제어하고 있었다.

기회는 한 번뿐, 결코 실패해선 안 된다.

"타오르는 광휘, 아케인 블래스트!"

전신 마력이 일거에 소모되며 거대한 빛의 기둥이 된다. 순백의 광주(光珠)가 빈사 상태의 이계 마물을 향해 쏘아진다.

마법을 제어하며 알리타는 식은땀을 흘렸다.

'정확하게 맞혀야 해. 절대 마물을 맞혀선 안 돼.'

그녀의 진짜 목표는 저 이계의 마물이 아니다. 정확히 마물 몸통 밑의 도로를 노려야 한다.

이내 아케인 블래스트가 대지를 강타했다.

콰아아앙!

강대한 폭발과 함께 섬광이 사방으로 퍼졌다. 멀리서 보고 있던 흑색 상아탑의 마기언이며 루멘트들이 당황해 눈을 가렸다.

"윽!"

"이건 대체?"

한참 어둠에 익숙해진 시야에 갑작스레 과도한 광량이 쏟아지니 순간적으로 시력이 마비된 것이다. 마기언 할란이 눈을 가린 채 중얼거렸다.

"어디서 이렇게 강력한 마기언이 나타난 거지?"

물론 미리 대비하고 있던 성시한은 아무 문제 없었다. 슬쩍 눈을 뜨며 그가 속으로 쾌재를 올렸다.

'잘했어, 알리타!'

그녀의 아케인 블래스트는 파괴가 목적이 아니다. 어디까지나 폭발과 함께 따라오는 부수 효과가 목적. 그런데 아케인 블래스터가 마물을 직격하면 그 순간 마법 자체가 무효화되어 버리는 것이다.

'마력 제어 많이 늘었네.'

내심 칭찬하며 성시한은 곧바로 허공으로 도약했다. 그리고 곧바로 마물의 머리 위에 서 있는 듀란에게 접근했다.

"윽! 누, 눈이……."

듀란 역시 두 눈을 비비며 흐릿한 시야를 애써 회복시키려 하는 중이었다. 그 틈에 시한이 그의 멱살을 잡았다.

"윽?! 무, 무슨?"

듀란이 채 당황하기도 전에 시한이 먼저 움직였다.

"그럼 잘 도망쳐 보라고."

짤막한 말을 남기며 그는 그대로 듀란을 던져 버렸다.

가공할 괴력에 성인 장정 하나가 간단히도 허공으로 날려간다. 거리 저편으로 추락하며 듀란이 비명을 터뜨렸다.

"우아악!"

그제야 루멘트며 다른 마기언들도 정신을 차렸다. 상황을 살펴보며 사람들이 저마다 고함을 질렀다.

"마물이 쓰러졌다!"

"루스클란은? 루스클란 혈족은 어찌 되었나?"

"도망치게 해선 안 된다!"

"반드시 붙잡아!"

*   *   *

듀란은 건물과 건물 사이, 어두운 뒷골목에 날려가 처박혔다. 신음과 함께 그가 몸을 일으켰다.

"으으……."

몸은 멀쩡했다. 수 미터 높이에서 내던져졌으니 즉사해도 이상하지 않은데, 지나치게 전신에 타격이 없다.

'이건 대체?'

의아해하며 듀란은 자신의 몸을 살폈다. 희미한 기운이 그를 감싸고 있다가 이내 사라졌다. 아마도 방어용 투기술의 일종인 듯한데…….

'이 높이에서 떨어지고도 무사하다니, 대체 얼마나 강력한 투기술이기에?'

듀란은 새삼스런 눈으로 마물 위에 서 있는 성시한을 바라보았다. 그는 지금 마물의 머리에 검을 내리꽂고 최후의 일격을 가하고 있었다.

'저 사람은 도대체 정체가 뭐지?'

그때 날카로운 목소리가 듀란의 귀에 들렸다.

"이리로!"

뒷골목의 어둠 저편에서 백금발의 소녀가 그를 향해 손짓하고 있었다. 알리타 렐칸, 라텐베르크에서 온 소드하이어였다.

"뭐 해요? 어서 피해요!"

그제야 듀란도 정신을 차리고 재빨리 골목으로 달려갔다. 알리타에게 다가가며 그가 물었다.

"어째서?"

상황이 이해가 가지 않았다. 하이어 선도 그렇고 이 소녀도 그렇고, 루스클란의 후예인 자신을 대체 왜 도우려는 것인가?

알리타는 아무 대꾸도 하지 않았다. 그저 긴장한 얼굴로 계속 골목 저편으로 달려갈 뿐이었다.

함께 달리며 그녀의 옆얼굴을 보던 듀란이 갑자기 안색을 바꿨다.

"설마……"

예전엔 못 느꼈는데, 유심히 보니 얼굴이 낯익었다. 정확히 말하면 알리타의 얼굴 위로 또 다른 여인의 모습이 겹쳐진다.

"…알리티어스? 세라피나의 딸?"

제국의 멸망 당시 고작 일곱 살이었던 알리타에 비해, 14살이었던 듀란은 좀 더 많은 기억을 지니고 있었다.

일단 의식을 하고 나니 확실히 떠올랐다. 어미 뒤에 움츠린 채 치맛자락을 붙잡고 수줍어하던 작디작은 여자아이가.

"너도 살아 있었구나……."

알리타의 발걸음이 느려졌다. 아케인 블래스트 한 방에 전신 체력이 다 날아가 버린 것이다.

평범한 마기언이라면 마력이 전부 소진되었다고 이렇게까지 체력이 고갈되진 않지만, 그녀는 마력의 출력량도 워낙 높았다. 허용량 이상의 마력이 일시에 빠져간 탓에 질풍기는 고사하고 그냥 두 발로 뛸 기력조차 없었다.

결국 그녀의 무릎이 꺾였다.

"하악, 하악……."

제자리에 꿇어앉아 거칠게 숨을 몰아쉰다. 그 와중에도 거리 저편을 가리키며 애타게 중얼거린다.

"어서… 도망쳐요……."

듀란의 표정이 슬퍼졌다. 헤어진 이복 남매가 십여 년 만에 다시 만났는데, 주어진 시간이 고작 몇 초밖에 되지 않는다.

"고마워, 알리티어스."

진심으로 감사하며 듀란은 알리타에게 다가갔다. 그리고 그녀의 귀에 대고 뭔가를 속삭였다.

순간 알리타의 두 눈이 크게 떠졌다.

"…그, 그런?"

"부탁한다."

마지막 한마디를 남긴 뒤 듀란은 서둘러 거리 저편으로 달리기 시작했다. 느긋하게 이야기나 나누고 있을 여유 따윈 없는 것이다. 짧은 귓속말을 전하기에도 벅차다.

그래서 알리타는 더 이상 묻지 않았다. 그저 아무 말 없이 멀어지는 듀란의 뒷모습을 보며 기원할 뿐.

"부디 무사하길……."

바로 그때였다.

파아앗!

순백의 빛이 허공을 가르며 날아와 듀란의 등을 찔렀다. 너무도 갑작스러운 기습이라 채 반응하지도 못했다.

"크어억!"

섬광은 듀란의 등을 관통해 반대편 가슴까지 꿰뚫었다. 선혈이 앞뒤로 분출하며 거리를 붉게 적시기 시작했다.

서서히 쓰러지는 듀란을 향해 한 중년 기사가 맹렬히 달려온다.

"감히 도망칠 수 있을 거라 생각했더냐!"

빛의 정체는 크론 리자테의 신성한 빛이 깃든 장검, 프레이어 루멘트의 신성검이었다. 멀리서 도주하는 듀란을 발견하고 바로 손을 쓴 것이다.

"으으으……."

등에 칼을 꽂은 채 듀란은 신음했다. 갈렌족 특유의 검은 눈동자 위로 생기의 빛이 사라져 간다.

'아, 안 돼!'

경악 속에서 알리타는 자신의 입을 가렸다. 그나마 듀란의 이름을 외치지 않도록 입을 막는 것, 그것이 지금 그녀가 할 수 있는 최대한의 인내였다.

"하마터면 놓칠 뻔했군, 지독한 놈 같으니."

죽어가는 듀란을 내려다보며 루멘트가 혀를 내둘렀다.

뭔가 하고 싶은 말이 있는지 듀란이 입을 벙긋거렸다. 하지만 목소리는 나오지 않았다. 폐가 관통되고 심장 일부까지 손상되었으니, 그저 색색거리는 숨소리만이 어둠을 흔들 뿐이다.

"으으……."

결국 듀란은 그대로 절명했다.

시체에서 시선을 돌리며 루멘트가 알리타를 바라보았다.

"몸은 괜찮소? 많이 지쳐 보이오만."

아무래도 그는 알리타를 전혀 의심하지 않는 듯했다.

루멘트는 전후 사정을 전부 보지 못했다. 그가 본 건 무릎 꿇고 탈진한 알리타와 그녀를 뒤로한 채 빠르게 도주하는 듀란의 모습뿐이다.

"무사해서 다행이구려. 다행히 저 악적이 그대를 해치려 하진 않았군."

듀란이야 원래부터 살인을 피하려 했으니 알리타를 죽이려 하지 않은 것도 전혀 수상하게 여길 일이 아니었다.

루멘트가 손을 내밀어 알리타를 부축했다. 그 태도는 충분히 친절하고 신사다웠다.

원래 그는 굉장히 점잖은 성품인 것이다. 상대가 루스클란의 후예만 아니라면.

"가, 감사합니다."

애써 웃음 지으며 알리타는 루멘트의 손을 맞잡았다. 혈육의 피로 물든 손을 붙잡고 몸을 일으키며, 참으로 다행이라는 듯 말을 잇는다.

"제 힘이 모자라 저 악마를 놓칠 뻔했네요."

"허허, 무슨 말씀을. 그대들이 아니었다면 상황이 더욱 악화되었을 텐데. 에잉, 이놈 때문에 얼마나 많은 희생이 있었는지, 퉤!"

듀란의 시체를 향해 루멘트는 침을 뱉었다. 그리고 고개를 돌려 거리 반대쪽을 바라보았다.

어느새 시한과 제논이 듀란의 마물을 완전히 처리한 뒤 물러서고 있었다. 진심으로 감사하며 루멘트가 말을 이었다.

"타국의 기사 분들께 참으로 큰 신세를 졌소. 어찌 이 은혜를 갚아야 할지 모르겠구려."

알리타가 화사하게 웃으며 대꾸했다.

"루스클란의 악마를 처단하는 것은 당연한 의무인걸요."

화사하게 웃으며, 그녀는 속으로 오열했다.

＊　　　＊　　　＊

이계의 마물을 해치운 성시한의 무위는 실로 놀라웠다. 자연스럽게 모두들 그의 정체를 궁금해했다.

그리고 납득했다.

"용병왕의 제자!"

"무신급 소드하이어의 후계자였나?"

"어쩐지 강하더라니……."

켈테론의 예상은 맞아떨어졌다.

바락의 후계자라는 위장 신분 덕분에 시한에게 진짜 정체가 따로 있을 거라곤 아무도 의심하지 않았다.

사실, 아무리 무신급 소드하이어의 제자라곤 해도 성시한 나이에 저 정도 무위는 과하다. 만약 시한 혼자였다면 분명히 다른 의심을 품는 자도 있었을 것이다.

어찌 되었건 패왕기는 용병왕 바락보다는 이계구원자의 고유 투기술로 더 유명했으니까.

20대 후반 나이이면서, 패왕기를 노련하게 구사하는 검은 머리, 검은 눈동자의 잘생긴 청년.

이렇게 글로만 묘사하면 누구나 제일 먼저 이계구원자부터 떠올릴 수밖에 없다.

그럼에도 성시한의 정체는 별 의심 없이 넘어갔다.

이곳이 이나시우스 교국이기 때문이었다.

테라노어 동부에 위치한 이나시우스 교국은 인구 대부분이 갈렌 민족이다. 다른 나라라면 흑발 흑안을 이계구원자와 연결시킬 수도 있겠지만, 이 동네에선 어딜 둘러봐도 흑발 흑안밖에 없는 것이다.

게다가 패왕기를 구사하는 이가 성시한뿐만이 아니란 이유도 있었다.

"호오, 그대도 용병왕의 제자였단 말인가?"

전신을 붕대로 감은 하이어 게펠로스가 거구의 제논을 보며 감탄을 건넸다. 마물의 독액을 뒤집어쓰고도 그는 용케 목숨을 부지하고 있었다.

"패왕기는 지독하게 익히기 어려운 투기술이라 들었는데……."

게펠로스는 왕년 혁명전쟁에 참전한 적이 있는 베테랑이었다. 바락과 직접 대면한 적은 없지만 이야기는 꽤나 들어 알고 있다.

"후계자를 둘이나 얻다니, 용병왕께서 말년에 소원 성취를 하셨군."

제논 역시 이제는 패왕기 사용자.

사용자가 둘이 되는 순간 사람들은 '고유'보다는 '후계자'라는 단어에 더 의미를 부여하게 마련이다.

이런 이유로 성시한의 진짜 정체는 자연스럽게 감춰졌다. 모두들 호의 가득한 눈으로 시한과 제논을 바라보았다.

병사들에게 뒤처리를 지시한 뒤 루멘트가 감사를 표했다.

"고맙소, 하이어 션. 그대가 아니었다면 얼마나 큰 희생이 있었을지 모르겠소."

"당연히 해야 할 일을 했을 뿐입니다."

"허허, 젊은 나이에 겸손하기까지……."

미안해하며 루멘트가 주위를 둘러보았다. 병사들이 이계 마물의 시체 주위에 금줄을 둘러 시민들의 접근을 막고 있었다.

"제대로 사의를 표해야 할 텐데 이거 경황이 없구려. 저 정도 덩치라면 뒤처리만도 큰일이니, 원."

"이해합니다. 저흰 신경 쓰지 마시지요."

"추후에 다시 전령을 보내리다. 달의 신전에서도 크게 고마워할 것이오."

미안해하며 루멘트는 자리를 떴다. 그리고 병사들을 지휘하며 뒤처리에 열중했다.

그 광경을 보던 시한은 문득 의아해했다.

'가만? 왜 뒤처리를 고민하는 거지?'

저것이 테라노어의 마수 시체라면 확실히 골치 아플 것이다. 저 정도 크기의 시체가 썩기라도 하면 그 여파가 장난 아닐 테니까.

하지만 이계의 마물 같은 경우엔 전혀 어려울 게 없다.

'그냥 죽은 듀란의 심장을 뽑아 불태우기만 하면 저절로 사라져 버릴 텐데…….'

죽은 자의 시신을 더럽히는 것은 테라노어에서도 비난받는 금기이긴 하지만, 루스클란의 후예를 상대로 그런 것까지 신경 쓸 리는 없다.

'그런데 군이 뒷정리에 열중이란 말이지?'

뭔가 좀 납득하기 어려운 광경이었다.

소환술사의 심장을 뽑아 태우면 마물의 모든 것이 사라진다는 것은 그렇게 대단한 비밀이 아니다. 혁명전쟁 시절엔 일반 병사조차도 알고 있는 상식이었다.

'설마 지난 십 년 사이, 그 당연한 상식조차도 사라진 건가?'

그건 아닌 듯했다.

병사들 중 누군가가 투덜거렸으니까.

"그냥 루스클란 놈의 심장을 뽑아 불태우면 안 되나? 왜 군이 이런 짓을……."

"잘은 모르지만, 그러면 안 되는 이유가 있다는군."

"그 이유가 뭔데?"

"낸들 아나? 높은 분들이 그렇다면 그런 거겠지."

병사들의 불만은 이내 가라앉았다. 루멘트가 잽싸게 한마디를 첨언한 덕이었다.

"다들 기운 내라! 오늘의 임무는 실로 가혹했으니, 내 이 일에 대한 추가 보상을 약속하겠다!"

"와아아아!"

죽은 동료들 때문에 침울하던 분위기가 어느 정도 밝아졌다. 군말 없이 병사들이 열심히 움직이기 시작한다.

그리고 다른 쪽에선 흑색 상아탑의 마기언들이 듀란의 시체를 옮기고 있었다.

"설원의 한기가 내 손에 깃든다, 프로스트 핸드!"

마기언 하나가 냉기 마법으로 시체를 얼렸다. 그리고 커다란 관을 들고 와 조심스럽게 시체를 수납했다.

그 광경에 시한은 인상을 썼다.

'저건 또 무슨 수작이야?'

시체를 길바닥에 버릴 수야 없으니 처리하는 것은 이해가 간다. 하지만 마기언씩이나 되면서 직접 할 이유는 없는 것이다.

일손이 없는 것도 아니고 저렇게 병사가 많은데?

게다가 관 표면에는 시체 보존을 위한 다양한 마법 문양이 그려져 있었다. 처음부터 준비해 왔다는 의미다.

'수상하군.'

문득 베르셀트 지방에서 상대했던 지룡이 떠올랐다. 그때도 청색 상아탑의 마기언들은 꽤나 열심히 지룡에 대한 데이터를 수집하고 있었다.

당시의 지룡과 듀란에겐 공통점이 있다.

둘 다 이계의 존재와 연관이 있다는 것.

지룡은 어떤 이유인지 이계의 마물과 비슷한 속성을 지니게 되었었고, 듀란은 루스클란의 후예로서 이계의 마물을 다룰 수 있다.

"음……."

시한은 생각에 잠겼다.

정보가 너무 단편적이라 확인할 수 있는 부분이 적긴 하지만 적어도 하나는 확실해 보였다.

'상아탑에서 이계와 관련된 연구를 하고 있다는 소리인가, 이거?'

예전 지룡을 상대할 땐 별일 아니라 여기고 넘어갔다. 테라노어의 마기언이 온갖 괴상한 마법 실험을 해대는 거야 워낙 흔한 일이 아니었으니까.

당장 시한이 릴스타인과 도망치게 되었던 것도 스파르칸트가 괴상한 실험을 하려다 생긴 일 때문 아니었나?

게다가 제논을 거두었을 때의 일도 있다. 당시 상대한 이그니스 울프 역시 묘하게 베르셀트의 지룡과 비슷한 부분이 있었다.

'예전 테오란트도 말했었지. 하나는 개성이고 둘은 우연이지만, 셋은 필연을 의심해야 한다고.'

시한은 눈을 가늘게 떴다.

이쯤 되니 더 이상 무시할 수가 없었다.

'돌아가면 조사 좀 해봐야겠어.'

＊　　　　＊　　　　＊

시한 일행은 아모스 백작가로 돌아갔다. 그리고 짐을 꾸려 저택을 떠날 채비를 했다.

비록 밤이 깊었지만 이대로 계속 머무를 순 없었다.

듀란의 정체 때문에 아모스 백작가는 발칵 뒤집힌 상태였다. 브라이트 공자는 아직도 정신을 못 차리고 멍하니 중얼거리고 있었다.

"말도 안 돼……. 듀란이 루스클란이었다니……."

그런 공자에게 듀란의 죽음을 전하는 것은 쉬운 일이 아니었다. 하지만 숨길 수도 없는 노릇이다.

형제처럼 자란 친우의 죽음에도 브라이트는 별 반응을 보이지 않았다. 이미 하룻밤 사이 너무 많은 일이 일어나 일일이 반응할 기력조차 없었다.

백작가의 시중인들도 정신이 없었다. 루멘트로부터 전해진 전갈 때문이었다.

루멘트는 거리 쪽 뒤처리가 끝나는 대로, 병사를 이끌고 듀란이 머물던 곳을 샅샅이 수색할 것이라 했다. 루스클란 혈족을 찾았을 때의 정식 절차였다.

우환이 닥친 곳에 계속 머무는 것은 객의 도리가 아니다.

짐을 꾸린 시한 일행은 저택 입구로 모였다. 마중 나온 브라이트를 향해 성시한이 작별 인사를 건넸다.

"그럼 저흰 이만 돌아가겠습니다."

황망한 와중에도 브라이트가 연신 고개를 숙였다.

"이거 죄송하게 되었습니다. 이런 일이 생길 줄은… 아, 마차를 준비해야……."

명색이 귀족가에서 초대한 손님을 돌려보내는데 두 발로 걷게 하는 것은 예의가 아닌 것이다. 하지만 시한은 고개를 저었다.

"괜찮습니다. 허례를 따질 때가 아니지 않습니까? 별로 먼 거리도 아닌데요."

"정말 죄송합니다."

시한에 이어 제논에게도 사죄를 건넨 뒤, 한숨을 쉬며 브라이트가 디나를 바라보았다.

"나중에 다시 연락하겠다, 디나."

디나는 대꾸하지 않았다. 듀란의 죽음이 큰 충격을 준 모양이었다. 그저 말없이 짐을 챙기며 종자의 의무를 다할 뿐이었다.

문득 주위를 둘러보며 시한이 의아해했다.

"어? 알리타는? 알리타는 어디 갔지?"

그제야 디나가 입을 열었다.

"마스터께선 두고 온 것이 있다며 잠깐 방에 올라가셨어요."

*　　　*　　　*

알리타는 자신이 묵었던 방으로 올라가지 않았다. 그곳에 두고 온 것 따윈 원래 없었다.

그녀는 듀란의 방에 서 있었다.

차가운 얼굴로 방 안을 훑어본다.

'이곳이 그의 방.'

조촐한 방이었다. 쓸데없는 장식 따윈 보이지 않는다. 간단한 가구와 침대만이 놓여 있다.

듀란이 아모스 백작가에서 받았던 대접을 생각하면 돈이 없어 이렇게 살진 않았을 것이다. 원래부터 사치나 허영을 멀리하는 성격이었겠지.

그가 남긴 마지막 귓속말이 떠올랐다.

'저택의 내 방, 옷장 세 번째 서랍 안쪽.'

알리타는 옷장으로 다가가 세 번째 서랍을 당겼다. 평범한 옷가지만 보였다.

그래서 서랍을 완전히 빼고 옷장 안을 살폈다. 여전히 아무것도 보이지 않았다.

이번엔 뽑은 서랍을 들어 밑바닥도 살펴보았다. 아무것도 없었다.

'뭐지, 그냥 거짓말이었나?'

그럴 리는 없었다.

그럴 분위기도 아니었고, 그 목소리에 담긴 절실함은 분명 진짜였다.

'부탁한다, 알리티어스!'

잠시 고민하던 알리타가 서랍 바닥을 통통 두들겨 보았다.

살짝 소리가 달랐다. 뭔가 빈 공간이 있다.

'이거군.'

조심스럽게 알리타는 서랍 밑바닥을 매만졌다. 손끝에 정신을 집중하고 더듬다 보니 일종의 요철이 느껴졌다.

살짝 바닥을 밀자 덜컹하며 서랍 바닥 자체가 떨어져 나왔다.

그리고 한 권의 책자 역시 함께 떨어졌다.

"찾았다……"

침을 꿀꺽 삼키며 알리타는 책자를 집어 들었다.

기껏해야 수첩 크기의, 그리 크지 않은 책자였다. 겉표지에는 아무것도 쓰여 있지 않았다. 정식 출판본이 아니라 개인이 직접 필사한 물건이란 의미였다.

그녀는 조심스레 책장을 건넸다. 그리고 내용을 읽었다.

자기도 모르게 한탄이 흘러나왔다.

"아아……"

그녀의 혈족에게 조상 대대로 내려오던 심원한 지혜의 집대성.

루스클란의 이계소환술에 대한 내용이었다.

"큭!"

알리타는 자기도 모르게 투기를 끌어냈다. 순간적으로 이 책자를 산산이 찢어발기고 싶다는 충동이 치솟았다.

이 저주받을 마법 때문에 그녀는 평생 숨어 사는 처지가 되었다.

이 저주받을 마법 때문에 듀란이 그토록 비참하게 죽어야 했다.

책자를 쥔 채 알리타는 부들부들 떨었다. 무형의 투기가 책자로 주입되며 찌직거리는 소리를 낸다.

그러나 그녀는 이내 한숨을 쉬며 투기를 거두었다.

"하아……."

듀란의 마지막 말이 귓가에 맴돌고 있었다.

'부탁한다.'

차라리 그가 무사히 도망갔다면 알리타도 이 책자를 박살 내버렸을 것이다. 하지만 이는 죽은 혈육의 마지막 부탁이었다.

"할 수 없네."

힘없이 중얼거리며 그녀는 조심스레 책자를 품속에 갈무리했다.

*   *   *

맑은 수경의 표면에 고운 인상의 오십 대 여인이 모습을 드러낸다.

검은 로브를 걸친 여인이 정중히 고개를 숙이며 말했다.

"드디어 손에 넣었습니다, 폐하."

여인, 흑색의 브륜딜을 바라보며 릴스타인이 반색했다.

"정말 찾았나?"

브륜딜이 조용히 말을 이었다.

"틀림없습니다. 30미터급 차원문을 열 수 있을 정도로 피가 짙은 루스클란입니다. 아쉽게도 생포하진 못했지만 사후 처리를 잘해 심장에는 전혀 문제가 없습니다."

반색하며 릴스타인이 지시를 내렸다.

"당장 적색 상아탑으로 이송시키게. 보관에 만전을 기해야 함은 물론이다."

"모든 면을 염두에 두고 있습니다. 실수 따윈 없을 것입니다, 폐하."

"훌륭하군."

흡족해하며 릴스타인은 그녀를 치하했다.

"이번 공로는 실로 작지 않아. 그대는 원하는 것을 얻을 것이다, 브륜딜."

그녀가 감격하며 고개를 조아렸다.

"감사합니다, 폐하."

릴스타인이 수경의 표면을 가볍게 훑었다. 이내 수경에서 브륜딜의 모습이 사라지고 평범한 물그릇으로 바뀌었다.

미소와 함께 양손을 든다. 손아귀 사이에서 검은 가루가 회오리치며 솟아오른다.

손안의 회오리를 응시하며 릴스타인이 중얼거렸다.

"차원의 힘은 손에 넣었다. 지배의 힘 역시 손에 넣었지."

루스클란 황족의 이계소환술은 단순히 차원을 열어 이계의 마물을 소환하는 것이 전부가 아니다. 아무리 강력한 마물을 불러봤자 제어할 수 없다면 무의미하다.

그들은 이계의 마물을 완벽하게 지배할 수 있었다. 테라노어의 마법으로는 불가능한, '완벽한 정신 지배'의 힘이 혈통 속에 내재되어 있는 것이다.

그 혈통 속에서 차원의 속성을 뽑아냈다.

이계 마물의 지배력을 근거로 완벽한 정신 지배의 단초 역시 잡았다.

하지만 둘 모두 완벽하지 않았다. 촉매가 되는 제3의 힘이 부족한 탓이었다.

"이제까진 이 힘을 완벽하게 적용시킬 수가 없었다."

릴스타인은 테라노어인이다.

그가 구사하는 모든 마법 역시 테라노어의 마법이다.

아무리 플로어 마스터라도, 심지어 그 이상의 경지에 올라 초대 황제 루스클란처럼 마법의 극한에 다다른다 해도 한계가 있다.

이계의 존재에겐 테라노어의 마법이 먹히지 않는다는 태생적 한계가.

그러나 저 한계를 벗어날 방법이 전혀 없는 것은 아니었다.

"이계의 마물에게 모든 테라노어의 마법이 통하지 않는 것은 아니지. 모두가 착각하는 것이지만."

실은 딱 하나, 이계의 마물에게도 통하는 테라노어의 마법이 있다.

바로 루스클란의 이계소환술.

이계소환술 역시 분명한 테라노어의 마법인 것이다.

물론 루스클란 혈족이라고 이계 마물에게 마법 공격을 할 수 있다는 의미는 아니다. 그들 역시 소환술을 제외한 다른 마법은 여전히 이계의 존재에겐 통하지 않는다.

하지만 저 사실은 곧, 루스클란의 혈통 속에 이계의 존재에게 통용되는 본질적인 마법의 힘이 있다는 의미인 것이다.

그래서 여태 그 힘의 본질을 꺼내기 위해 분투해 왔다. 하지만 이제까지 '수집한' 루스클란 일족들은 피가 너무 옅었다.

그런데 드디어 손에 넣었다.

충분히 피가 짙은, 심지어 광제 루스타나드의 직계를!

"광제의 아들이라면 충분해! 드디어 숙원을 이룰 수 있다!"

아무도 없는 연구실 안에서 릴스타인은 미친 사람처럼 광소를 터뜨렸다.

"하하하핫!"

『이계진입 리로디드』 5권에 계속…